拝啓 宮澤賢治さま 不安の中のあなたへ

田下啓子
Taori Keiko

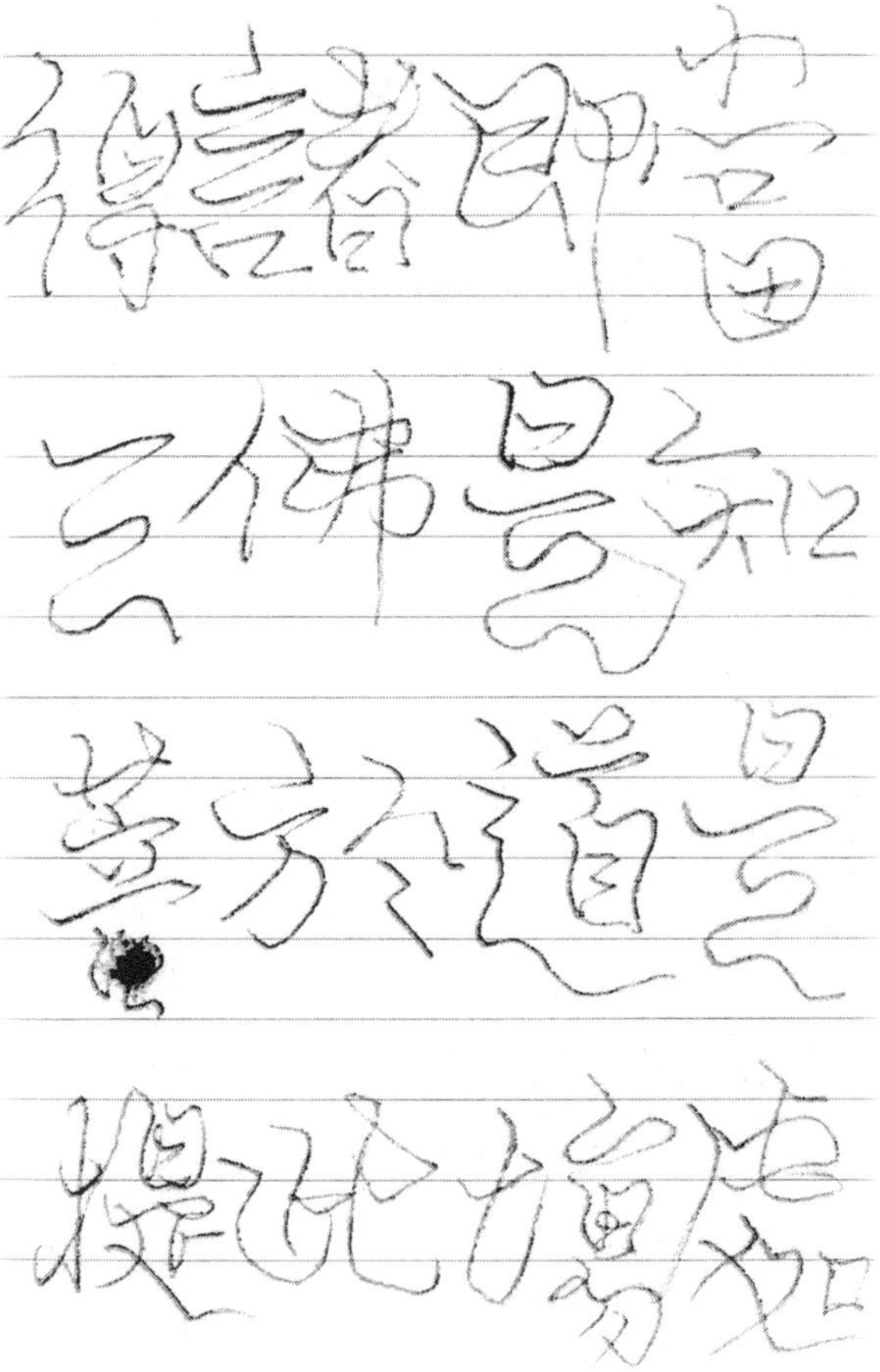

賢治自筆の法華経の一節「當知是處 即是道場 諸佛於此 得三菩提」 資料提供◉林風舎

彩流社

目次

第二章　宮澤賢治をもう一度　67

はじめに

本書は、宮澤賢治についてブログに書いたものを大幅に加筆、修正して、一冊の本にまとめたものです。

実は宮澤賢治のことを書き始めたのは、今から二十数年も前になります。しかし当時は賢治も偶像化された神さまのような扱いでしたから、彼を赤裸々に分析しようとする私の原稿など、とても本にはできませんでした。しかし、時代もかわり、また私自身も歳をとりました。そんな中で、どうしてもこれを書いておかないと賢治が気の毒だなぁ、と思うようになりました。

なぜかというと、賢治は確かに常人離れした天才ではありますが、求道者でもなく、自己犠牲のひとでもなく、いつも生きることの不安や存在の不安の中にいた未熟な若者のように思えるからです。つまり彼の中に、ごく普通の人々の中にもいるような、生きることに震えている内なる子供が見えてくるからです。物理学などの科学知識をそなえながらも、法華経を信仰し、人間を救済するというメシア症候群にとりつかれ、強迫神経症のように自分を追い詰めた賢治の心の奥の奥のそのまた奥に、心細くひとり膝を抱え、しゃがんで震えている子供が見えてきます。

衆生を救済するというのも、実はその人間の煩悩のひとつです。それに気づくには、賢治はあまりにも若すぎました。彼は人間とは何か、社会とは何かを十全に理解する前に、自分を救済者の位置においてしまいました。そこには、才能にあふれながらもあまりにも無防備に稚拙《ちせつ》に生きている賢治がいます。愛を渇望する若い青年がいます。

賢治については、実に多くの研究がなされ、また多くのものが書かれています。たくさんの人が賢治を読み、賢治を義人化したり、理想化したり、幻想化したりしています。そういう人はもしかしたら、この本を読み進むことができなくなるかもしれません。しかし、いちばん辛く、苦しんでいる姿や、ひとりぼっちで心細い姿に寄り添ってこそ真に愛することだと私は思います。

賢治を祭り上げるのは簡単です。しかし賢治がひとりの人間として、どのようにもがき苦しんだかを理解してこそ、あの言葉のほんとうの光が見えてきます。その言葉にリアリティの息吹が吹き込まれ、臨場感が迫ってきます。それは、溜息や嗚咽《おえつ》や諦めの中で、風雨にさらされながらも彼が言葉に懸命に吹きかけた命の息吹です。私たちも同じようにもがき苦しむからこそ、賢治の言葉が生き生きと私たちの心に飛び込んでくるのです。そして彼からあふれるような愛を贈られるのです。

ここにあるのは、義人でもなく、人間救済のための思想に生きた賢治でもなく、ただひとりの人である賢治、同じ凡庸な人間である賢治からの贈り物です。私が素直に感じ、素直に思ったことです。幻想化して依存するのでもなく、あがめるのでもなく、もちろんあこがれるのでもなく、時空をこえて一緒に生きている賢治です。
ひとりの孤独で脆弱な、私たちが愛する賢治です。

第一章　宮澤賢治の童話の世界

「土神と狐」――愛と憎しみ

心とはなんと、せつないものなのでしょう。この話は、野原の中に立っている一本のきれいな女の樺《かば》の木を巡り、土神と狐《きつね》が恋を争うお話です。その不条理な二人、土神と狐を見守るように、抒情的な言葉で物語が語られてゆきます。


土神は、神という名こそついているものの、振る舞いは乱暴で、髪はぼろぼろ、わかめのような着物に裸足という、女性ならあまり恋愛の対象にはしたくない、「キモイ」男です。それにひきかえ狐のほうは、いつも仕立ておろしの紺の背広を着て、赤革の靴をキュッキュッと鳴らして登場する紳士です。

狐は知的で、おしゃれで、天文学や文学の話で樺の木を酔わせます。賢治は「ただよくよくこの二人を比べてみたら、土神は正直で、狐は少し不正直だったかもしれません。」と書いています。

そんなものですから、当然樺の木の心は、狐のほうにかたむいています。土神はそれがしゃくでたまりません。卑《いや》しくも自分は神であるから、樺の木が自分に何の値《あたい》があるかと、心を収めようとするのですが、収めきれず狐を嫉妬します。

この土神こそ、煩悶し、逡巡し、葛藤する人間そのものです。もしかしたら賢治自身かもしれません。土神は、神である誇りを取り戻して、すこし心を収めますが、恋心を抑えきれず、また性懲《しょうこ》りもなくフラフラと樺の木のところへと出かけてしまいます。するとそこにはすでに先客の狐がいて、美学だの何だのと、えらく高踏な話をしています。樺の木も尊敬のまなざしで狐を見ています。それに樺の木は、狐にはやさしいのです。それを見た土神は、嫉妬に火がつき、いてもたまらず、その場から駆け去ります。ほうっておいたら自分が何をしでかすか、わからないからです。

走り続けて息が続かなくなると、ばったり倒れ、今度は野原中にとどろくような大声で泣き出します（いや本当に、私にはその気持ちがわかります。かわいそうですね）。

泣いて泣いて、泣きつくしたその後、土神はぼんやりと湿地のなかにある自分の祠《ほこら》へ帰っていきました。

やがて時が流れ季節が変わると、傷ついた土神の心も癒されていきます。反省した土神は、嫉妬せずにあの二人を受け入れよう、という心境になります。そして、そういう自分の心境の変化を伝えに、樺の木のところへ出かけます。ところが運悪く、そこに狐が出くわします。そして狐もつい対抗心を起こし、せっかく収まった土神の心を挑発するような一言を発してしまいます。土神が立ち入ることのできない、高踏な天文学の話を、これみよがしに口にしてしまったのです。

当然ながら、土神の敵意に火がつきます。怒りに駆られた土神は、……美学の本だの望遠鏡だのと、畜生、さあ、どうするか見ろ、……

と狐の後を追いかけていきます。狐は風のように走って逃げますが、ごうごうたる汽車のように土神は追いかけます。狐は、もうおしまいだ、もうおしまいだと言いながら逃げつづけ、自分のすみかの穴の中へ逃げ込む寸前でつかまり、あっという間にねじり殺されてしまいます。

とっさに土神は、日頃から狐が自慢していた、知的な書斎である穴の中に飛び込んでいきます。ところが、意外にもそこはがらんとした暗い赤土の、壁しかないただの穴でした。土神は変な気がして、さらに狐の死骸のレインコートのポケットの中を探ると、そこも空っぽで、雑草が数本入っていただけです。その瞬間、すべてを悟った土神は、

……さっきからあいてゐた口をそのまゝまるで途方もない声で泣き出しました。

その泪《なみだ》は雨のように狐に降り狐はいよいよ首をぐんにゃりとしてうすら笑ったやうになって死んで居たのです。

天才賢治は、なぜこのような物語を書いたのでしょうか。賢治の中にも泥臭く、情念荒れ狂う土神と、スマートで知的な自分を装う狐の、二人の自分があったのかもしれません。より外側のより近くにいたのが、たぶん狐で、魂の奥深くに土神がいたのではないでしょうか。狐側の賢治は、生々しく

激しい自分の感情を、知性の衣《ころも》で包み隠そうとします。本当の心そのままである土神側の賢治は、いくら封印しても感情が流れ出てきます。心を収め、いくら狐のように取り繕っても、魂の奥底にある怒りや悲しみ、嫉妬や嘆きは、圧倒的な存在感で、あふれだしてくるのです。しかしそれは、自分が理想とする洗練された姿ではありません。だからこそ、ダンディを気取る賢治、つまり狐は、土神を否定し、見下していじわるするのです。

一方、まっすぐな土神は、狐の嘘を暴《あば》きます。美学だの、本だの、望遠鏡だのとほざくでない、口先でペラペラ人をたぶらかしおって、と激高します。土神は、なまじ善人になろうとして自分の感情を封印しただけに、怒りは倍になって噴出し、弾丸列車のごとく一直線に狐を追い詰めて殺してしまいました。

しかし、土神も狐の嘘を見抜きながらも、その嘘にたぶらかされています。思わず死んだ狐のレインコートのポケットをまさぐったりして、どこかで狐の言葉にあった書斎やドイツの望遠鏡を信じていたのです。しかし、それらがいっさい嘘であることがわかった時、土神を大きな悲しみが襲います。カッとなって哀れな狐を殺してしまった己の愚かさと、嘘をついてしまった狐のほんとうの悲しみを、その時はじめて理解したのです。

一方殺された狐も、自身がもともと知的でスマートであり、仕立ておろしの背広や、外国製の望遠鏡などの嘘で自分を飾らなくても、十分魅力的であったのに、その自分を信じることができなかったのです。死んだ狐の薄笑いは、すべてがばれてしまった事や、嘘をついてしまったり、素直に悲しみを表すことができない己に対する自嘲のようで、なんとも哀れです。

賢治の童話のすばらしさは、ある行動をしてしまった後の、主人公達の心理描写です。悔《くや》しさに大泣きする土神や、嘘をついてもそれは相手を喜ばすためだと自己弁護する狐など、心の葛藤がよく描かれています。

卑《いや》しくも神でありながらどうしても超越できない土神は、賢治自身の魂であっただろうし、自嘲的な狐は、彼の世間への構えだったかもしれません。土神と狐のコンプレックスが交叉《こうさ》し、絡まって、ついには破滅へと転がり落ちていくさまを、賢治は黙って見つめています。

人間の中にある自分への不信感は、いつも無意識の層へと封印されてしまい、なかなか気づくことができません。自分の貧しさを知っている人間ほど、表面の意識は自分を偽装しようとします。狐の薄笑いは、いかに狐が、自分の嘘の世界の空虚さを知っていたかを示すものでしょう。しかしその一方で、いかに狐が自嘲しようとも、少なくとも土神の目に、狐は確実に輝いていました。狐の輝きを認めていたからこそ、嫉妬したのです。

土神の目に輝いて見えた狐の光は、もともと狐自身が放っていたものであったに違いありません。つまり、もともと狐は知的であったのです。望遠鏡や仕立ておろしの背広などなくても。ただ悲しいことに、狐自身が、自分を信じることができなかったのです。土神は、狐を失ってはじめて自分が彼を愛していたことを知るのです。土神にとって狐はあこがれであり、自分にはないものを備えた大切な分身だったのです。愛し、あこがれていたからこそ、自分を卑下し、その憎しみを、狐へ向けていたのです。土神もまた、自分を信じることができなかったのですね。

愛と憎しみは表裏一体の断層として、人間の心の中にあります。賢治は、それを描くことにより、先へと進もうとしたのかもしれません。人間の内面の奥の奥にある、うす暗く複雑な隘路《あいろ》の奥の、等身大の自分へと踏み出したのかもしれません。

「貝の火」――もう一人の賢治

賢治の作品には、よく狐が出てきます。狐は頭脳プレーができるキャラクターです。しかし「土神と狐」の狐は、その頭脳的な駆け引きに失敗し、土神に殺されてしまいました。この頭脳プレーというのは、賢治にとって、なかなか深い意味を持つものです。現実の賢治は、はたして頭脳プレーができたのでしょうか。これからご紹介するのは、「貝の火」という、兎《うさぎ》のホモイの物語です。

偶然川に流されているひばりの子を救出した兎のホモイは、そのお礼に「貝の火」という宝珠《ほうじゅ》をもらいます。この宝珠を授けられた者は、いわゆる「特別なる者」として尊敬を受けます。しかしこの宝珠は、善行を積むと美しくなり、反対に悪いことをすると曇るという、いわく因縁つきの厄介な珠《たま》でもあります。

その珠をもらったホモイは、周囲から特別扱いされるなかで、だんだん助長していきます。そして、家来にした狐にそそのかされて、盗んだパンを食べ、弱いものいじめをします。その結果、ついに宝珠は曇り、砕けてしまいます。砕け散った粉が目に入ったホモイは、視力を失ってしまいます。宝珠を贈った小鳥たちはそれを見て、「たった六日だったなホッホ」とあざ笑って去っていきます。目が見えなくなった失意のホモイに父親が、「泣くな。こんなことはどこにでもあるのだ。それをよくわかったお前は、一番さいわいなのだ。目はきっと又よくなる。父さんがよくしてやるから。な。泣くな。」と言って慰めます。

ここに出てくる狐は、こすからい、敗北者の狐です。強いものには下手にでて、弱い者を高圧的にいじめ、言葉巧みにそそのかしたり、たきつけたりと、なかなかしたたかな頭脳プレーを見せます。でもどことなくこの狐は生き生きしているようにも思います。

もともと人間の中には、他者との共生のプログラムが内蔵されており、ホモイは水におぼれるひばりの子を助けずにはいられません。それは本能的な行為であり、命と命の出会い頭の純粋な行動です。しかし、それがいったん意識のなかで思想化され、いわゆる「善行」という意識的な行為に転写されると義務感を伴い、心の深層を微妙にコントロールしはじめます。

本能的なおこないは、素直な心の現われとして自由と自律を伴いますが、意識的な善行はその自由が奪われ、周りから評価されるため、また尊敬を持続させるため、善行をすることが脅迫化していきます。その息苦しさの隙間にささやくのが、あのずるがしこい狐です。

善と悪の概念は、命の保全のために人間の文化が作り出した規範ですが、その境界線は表裏一体で危ういバランスの上に成り立っています。「土神と狐」の狐は紳士を演じながら、土神と張り合い、一本気の土神の心をもてあそんだために殺されてしまいます。一方、「貝の火」の狐は、あたかも自分が特別の善人であるかのような錯覚に陥ったホモイのおごりにつけこみ、その偽善を暴《あば》きます。ここでは狐が勝者です（まあ、あとでやっつけられますが）。

さらに偽善的なのは小鳥たちです。自分のほうからホモイに宝珠を押し付けたにもかかわらず、それが壊れると、たった六日しかもたなかった、とあざ笑います。その心もまた意地悪く歪んでいます。教訓譚を装いながらも、この物語には、ところどころに悪意がこめられているように思います。

それは幼稚な悪意であり、教訓的な話の裏には賢治の幼稚なシャドウが感じられます。「シャドウ」とは、自分の中で承認されない自分で、表面意識の自我に抑圧されている、もう一人の自分です。良い子の仮面の裏側の本心、本音、すなわち「影の心」なのです。仮面の裏にできる影のようなものなので、「シャドウ」といいます。このお話にも、小鳥たちとおなじように、祭り上げられたホモイをもてあそぶ賢治がいます。ちょっと意地悪に、それを楽しんでいる賢治もいます。それが書き手である賢治のシャドウです。

たった六日しかもたなかった、とあざわらう小鳥たちの心にも、ホモイを試そうという疑心が潜んでいます。ホモイが失敗をするのを待っていたようにさえ感じられます。そこに屈折した賢治、人間の間違いに対して優しくない賢治（賢治の禁止令）がいるように思います。

面白いのは、父親兎の言葉です。名高い兎になるのではなく、名高い人になる、と賢治が書いていることです。ここにも、賢治が気づかず書いてしまった本心（コンプレックス）が見られます。名高い人になるということは、賢治と父親の共同の願望であったかもしれません。親が抱く子供への期待です。それは日常のなかで、無意識から無意識へと手渡され、親子の依存関係が構築されるなかで、「同じ期待」のカプセルの中で生きるようになってしまいます。

　物語は教訓譚を装いながら、ところどころに棘《とげ》があります。しかしそれは、親が期待する人間になることに対して、抵抗している賢治でもあります。優等生の賢治が、親や他人にけどられないように仕込んだ抵抗です。もしかしたらこの物語には、賢治の内面がそのまま等身大であらわれているのかもしれません。ちょっとずるいようにも感じられますが、それは健全な、普通の人間の反応です。

　むしろ問題なのは、この兎の親子に投影された、賢治と父親の関係が共依存から抜け出ていないことです。「共依存」とは、お互いが無意識のうちに依存しあっている心理状態です。

　この父と息子は、深層心理では、共同の上昇志向にとらわれているのではないでしょうか（おそらく彼らは気づいていませんが）。なぜなら、「貝の火」の宝珠を手渡されて特別な人間（兎）になった親子は、特別であることを維持しなければならない、という思いに駆られているからです。

　つまり、この親子には、特別でありたい、という意識があるのです。はじめから特別な人間は、自分のことを特別と思わず、維持しようとも思いません。もともとそれが普通であり、あたりまえなのですから。しかし宝珠を維持する、つまり善行を維持しようとするこの父と子の潜在的な自己承認の要求には、特別な人間への上昇志向があります。人の上に立ちたい、他者から尊敬されたい、という欲求です。父親は、その上昇志向をなんとも思わなかったのに比べ、息子の賢治は、すこし後ろめたさを感じています。

話をもとにもどすと、「土神と狐」、「貝の火」の二つの物語に出てくる二匹の狐も、賢治自身の表裏でしょう。兎のホモイのような世間的優等生の裏側には、偽善を装う自分に対する嫌悪があり、それが偽善を暴く狐に投影されています。一方では、「土神と狐」の狐のように、虚勢をはり世間を欺き、知的な自分を装うダンディズムの狐の賢治がいます。特別な者になりたい賢治です。そのふたつの顔が、自分のなかでシーソーのように上下していたのではないでしょうか。ダンディズムを装う賢治は、「土神と狐」の狐のように、すこし大衆を見下していたかもしれません。

人間の自我は、常に矛盾を孕んでいるものです。悪の誘惑に負けて目がつぶれたホモイに対して父親が「こんなことはどこにでもある。」と言うとおりです。人間は簡単に勘違いに陥り、助長するものです。傲慢な欲望は、人間の得意技ですから、どこにでもあることなのです。それを承知している賢治が父親兎に言わせた言葉でしょう。ここには居直る賢治がいます。自己犠牲で内省的な賢治ではありません。しかし、父親兎が「目はきっとまたよくなる。お父さんがよくしてやるから。な、泣くな。」と言うのは、問題です。賢治は何の疑義も抱かず、サラリと書いていますが、これは、いかに父親の心理支配から脱していないかの証拠です。父親に依存している意識そのままです。しかしその問題がありながらも、それなりに安定しているのは、人間の二律背反《アンビヴァレンツ》な感情を、そのまま自分のものとして受け入れているからでしょう。

そして重要なのが、そこにもうひとりの別人格の賢治がいることです。つまり自分の心の現象の一部始終をみている、もうひとりの賢治です。このお話の全体を統括するプロデューサーです。それは詩人の賢治かもしれません。人ごとのように自分をながめ、何事もなかったように、いかにも冷静に醒めた目で一切を風景化し、物語の終わりに、

窓の外では霧が晴れて鈴蘭の葉がきらきら光り、つりがねさうは「カン、カン、カンカエコカンコカンコカンコカン。」と朝の鐘を高く鳴らしました。

と書く賢治です。優等生の賢治、その自分に罪悪感や嫌悪感をもつシャドウの賢治、覚めている賢治。これがいわゆる賢治のトライアングルです。健康な時代の賢治の童話には、このトライアングルがちゃんと機能しています。
宮澤賢治には「雨ニモマケズ」のストイックな賢者というレッテルが貼られていますが、「貝の火」を書いた頃は、恰好をつける賢治、皮肉屋の賢治、自分を突き離し物事を立体的に見ている賢治が書き手になっています。だからこの物語は安定して、とてもわかりやすいです。精神的な安定とは、多様な自分を肯定できることです。多様な人格が多様なままに存在できることです。この物語の冒頭の描写はとても穏やかで、そこには口笛でも吹きだしそうなくらい明るい賢治がいます。

「洞熊学校を卒業した三人」――罪悪感のない賢治の世界

☆赤い手の長い蜘蛛編

疲れたときや、あるがままの自分に還りたいとき、『注文の多い料理店』の序にある言葉に癒しを感じます。

またわたくしは、はたけや森の中で、ひどいぼろぼろのきものが、いちばんすばらしいびろうどや羅紗《らしゃ》や、宝石いりのきものに、かはつてゐるのをたびたび見ました。

賢治の真骨頂は、こういう繊細で華麗で豊かな言葉です。こういう言葉にどんなに慰められたことでしょう。情景の美しさ、表現の巧みさだけではなく、生き生きとした臨場感にあふれています。きれいな水がのど元を通り、体中に沁みわたっていくようです。

これからとりあげる物語は、おそらく初期に着想し、絶頂期である一九二四年（大正十三年）ごろ改作された作品で、世間的に敗北し、倫理的になる前の面白さがあります。言葉の妙味については原作を読んでいただくとして、筋立てと行間から、賢治の姿を浮きぼりにしていこうと思います。

「洞熊《ほらぐま》学校を卒業した三人」は、賢治が二十二歳のときに、その前身となる「蜘蛛となめくぢと狸《たぬき》」という作品を家族に読んで聞かせたという記録があります。この作品はちょうど賢治が童話を書き始めた時期と一致し、童話の中では初期の作品です。それだけに賢治らしい諧謔的面白さがあります。仏教徒として、極道者は地獄に落ちるということを書きたかったのかもしれません。後期に比べて、賢治の資質である自虐的ユーモアが素直にでており、構えることなく面白がって書いた作品です。題名からして「ホラ」であり、おそろしくも楽しい話が語られます。

赤い手の長い蜘蛛と銀色のなめくぢと顔を洗ったことのない狸が、洞熊学校に入学します。そこで競争に勝つこと、大きいものが立派だということを教えられ、怠慢とズルがはばをきかせた、ちっとも教育的でない教育を受けて卒業します。三人（三匹）はうわべは仲良く、腹の中は敵愾心《てきがいしん》でいっぱいという、ロクでもない生徒です。

それぞれ家にかえると、蜘蛛は楢《なら》の木に小さな網をかけて獲物を狙います。網にかかった小さな子供のアブや目のみえないかげろうが命乞いをしますが、蜘蛛は容赦なく食い殺してしまいます。蜘蛛自身産んだ子がほとんど死んでもすぐ忘れるという薄情さです。しかし網にかかった獲物がたまりすぎて腐敗しはじめ、それが移った蜘蛛の夫婦と子供は足の先からだんだん腐ってべとべとになり、ある日とうとう雨で流れてしまいます。

それを賢治は一片の憐れみもない乾いた口調で書いており、因果応報と言うように冷たく突き放しています。この話の終わりには、次の情景が加えられています。

ちゃうどそのときはつめくさの花のさくころで、あの眼の碧《あを》い蜂《はち》の群は野原ぢゅうをもうあちこちにちらばって一つ一つの小さなぼんぼりのやうな花から火でももらふやうにして蜜《みつ》を集めて居《を》りました。

眼の碧い蜂のエピソードは、三匹が洞熊学校を卒業した春の章から、各章の終わりごとに季節を描写しながら付け加えられていますが、のどかな風景と蜂の勤勉さが、冷徹に三匹の愚か者の末路をあざ笑っているようでもあります。

そんな効果を計算して書いている賢治は、なかなか曲者ではありませんか。

☆銀色のなめくぢ編

さて、銀色のなめくぢはどうなったのでしょうか。なめくぢが銀色とは、なんてステキなのでしょう。賢治の才能が感じられます。

このなめくぢは銀色ですが、心はえらく邪《よこしま》です。しかし、学校を出ていて親切だという評判を聞いて、カタツムリがやってきます。カタツムリは食べ物も水もなく、すっかり困って、なめくぢの家にふきのつゆをもらいにやってきます。

なめくぢは親切そうにふきのつゆを与え、あざみの芽まで与えるのですが、その見返りにすもうを取ろうといいます。うかうかとなめくぢの口車にのってしまったカタツムリは、なめくぢに何度も投げられるうちに、すっかり弱って、とうとう殻ごと食べられてしまいます。

次に蛇にかまれたとかげがきますが、とかげもまんまとだまされ、傷口をなめられているうちに、だんだんからだが溶けていきます。ついに心臓がやられた時はこんな風に書かれています。


「なめくぢさん。からだが半分とけたやうですよ。もうよして下さい。」ととかげは泣き声を出しました。

「ハッハハ。なあにそれほどぢゃありません。ほんのも少しです。ハッハハ。」となめくぢが云ひました。

それを聞いたとき、とかげはやっと安心しました。安心したわけはそのとき丁度心臓がとけたのです。


すごい展開ですね。残酷でしょ。でもなんだか解るような気もします。心臓が溶けた瞬間、煩悩から解放されて安心した、ということでしょうか。

なめくぢは評判を落とすのですが、競争相手の蜘蛛が腐って溶けてしまったので、せいせいしています。するとある日、雨蛙がやってきます。

雨蛙はなめくぢから水を飲ませてもらうと、相撲をとろうと提案します。最初の二回、雨蛙は投げられてしまいますが、次に土俵を清めようと塩をまきます。今度もなめくぢは蛙を投げるのですが、土俵に塩をまかれたため、自分が溶けだしてしまいます。


「あ、やられた塩だ。畜生。」となめくぢが云ひました。

蛙《かへる》はそれを聞くと、むっくりと起きあがってあぐらをかいて、かばんのやうな大きな口を一ぱいにあけて笑ひました。そしてなめくぢにおじぎをして云ひました。

「いや、さよなら。なめくぢさん。とんだことになりましたね。」

なめくぢが泣きさうになって、

「蛙さん。さよ……。」と云ったときもう舌がとけました。雨蛙はひどく笑ひながら
「さよならと云ひたかったのでせう。本当にさよならさよなら。わたしもうちへ帰ってからたくさん泣いてあげますから。」と云ひながら一目散に帰って行った。


この後にあの碧い色の目をした蜂のエピソードが続いて、銀色のなめくぢのお話は終わります。

なんだか意地悪ですね。でも賢治はその意地悪さを素直に出していて、その分話が面白くなってい

ます。また、残酷なことが起こっていても、変わらずせっせと収穫に励むのどかな蜂の群れがいます。つまり蜘蛛が溶けても、なめくぢが溶けても、賢治の感情は動じません。いっさい生々しさがなく、カラカラと乾いた蛙の笑い声さえ聞こえてきそうです。意地悪で残酷な割には、罪悪感がなく、さばさばしています。

☆顔を洗わない狸編

さていよいよ最後は顔を洗わない狸です。わざと顔を洗わなかった、とあります。みんなの中で一番のおうちゃく者で、たいへんな自堕落者なのです。この狸の家はお寺で、狸は坊主か祈祷師なのか、山猫大明神のお告げと称して、祈祷をしながら相手を食べてしまいます。最初の犠牲者はひもじくて死にそうな兎です。耳があんまり大きいのでかじって直せ、という大明神のお告げを告げながら、狸は兎を食べ始めます。

兎は「私のようなつまらない者の耳のことまでご心配いただき」と泪をぼろぼろ流して喜び、足をかじられても、「ありがたや、ありがたや」。すっかり食べられてしまってから、狸の腹のなかで、だまされた、くやしいと怒ります。それに対して狸が叫びます。

「やかましい。はやく溶けてしまへ。」

兎はまた叫びました。

「みんな狸にだまされるなよ。」

狸《たぬき》は眼をぎろぎろして外へ聞こえないやうにしばらくの間口をしっかり閉ぢてそれから手で鼻をふさいでゐました。

それから二か月後、今度は狼が籾《もみ》を三升下げてやってきます。「どうかお説教をねがいます」という狼に、狸はすごんでみせます。

「お前はものの命をとったことは、五百や千では利《き》くまいな。生きとし生けるものならばなにとて死にたいものがあらう。な。それをおまへは食ったのぢゃ。食ったのぢゃ。な。早くざんげさっしゃれ。でないとあとでえらい責苦《せめく》にあふことぢゃぞ。お、恐ろしや。なまねこ。なまねこ。」

ものすごいおどしです。でもこれを書いた時、賢治はさぞ胸がすっとしたのではないでしょうか。狼はすっかり罪悪感に怯《おび》えてしまいます。狸は怯える狼を牙から食べはじめます。狼はすっかり食べられてから狸の腹のなかで騒ぎだし、それにふたをしようとした狸は、狼の持ってきた籾三升を風呂敷包みのまま飲み込んでしまいます。すると次の日からどうも腹具合が悪くなり、のどのところにちくちく刺さるものがあります。一日一日それが激しくなり、二十五日目には、体がゴム風船のようにふくらんでとうとうボローンと裂けてしまいます。

何がおきたのかと林中のけだものが集まってきてみると、狸の体の中は稲の葉でいっぱいでした。狼がもってきた籾が芽を出して大きくなったのです。最後に見に来た洞熊先生も、三人とも賢いこどもらだったのに実に残念、と言いながら大あくびをします。そしてまたこの物語も、碧い目の蜂のエピソードでしめくくられています。


これらの物語はかなり「えぐい」のですが、しかしよく目を凝らしてみると、世界の中心に自分（賢治）がちゃんと居ます。いくら「えぐい」ものを書こうと、意地悪いものや残酷なことを書こうと、全体を見渡す作者の目がありますから、とても安定しています。賢治には自信があり、読んで聞かせる者たちの反応を楽しみながら、物語を膨らませているようにも思います。なんだかその得意顔が見えるようでもあります。花巻農学校の賢治先生の絶頂期でもありました。

さて、宮澤賢治が法華経を信仰し、行動の規範にしていたことは有名ですが、次に取り上げる「なめとこ山の熊」は、その中にことさら宗教めいた言葉は出てこないにもかかわらず、賢治の信仰と祈りの原型を感じさせる、安定感のある作品です。

「なめとこ山の熊」――知的に昇華された魂

☆プロローグ

「なめとこ山の熊のことならおもしろい。」と、いきなり書き出しからして直感的で、説明抜きのストレートな書き出しです。逡巡することなく、賢治は書く気満々です。彼の内面で熟した言葉が外に解き放たれプロローグを読んだだけでも、ワクワクします。

熊狩（マタギ）の名人淵沢小十郎は、すがめの赤黒いごりごりした親父で、胴は臼《うす》ぐらいあるし、掌《てのひら》は毘沙門《びしゃもん》さんの手形ぐらい大きく厚い、見るからにマタギの風格をそなえた男です。山刀と鉄砲を持ち、黄色のたくましい犬を連れて、なめとこ山からしどけ沢から三叉《みつまた》からサッカイ山からマミ穴から白沢まで歩いて狩をしています。

そして不思議なことに、この小十郎を、なめとこ山の熊たちは好きらしいのです。小十郎が通るところを、熊たちは高い崖や木の上から見送っているのです。しかし、ひとたび出会えば熊も小十郎へと襲い掛かり、小十郎も熊の月の輪めがけてドスンとやる。つまり熊と小十郎は互いに敵でありながら、ひとつの因縁で結ばれているのです。互いに殺しあう相手でありながら、他者が立ち入ることのできない絆で結ばれているのです。

ちょっと飛躍していえば、夫婦、兄弟、親子など、近親の共依存関係と重なるといえなくもありません。小十郎は殺した熊に、お前を殺したくて殺したのではない、と話しかけます。


「……てめへも熊に生まれたが因果ならおれもこんな商売が因果だ。やい。この次には熊なんぞに生まれなよ。」


小十郎がある年の春はやく、去年こさえた夏の泊まり小屋に泊まろうとして、何度も登り口を間違えて、やっと小屋へたどり着きました。このあたりは知りつくしているはずなのに、何度も間違えるということから、彼がすでに異次元の世界に入り込んでいることがわかります。通常の意識と感覚では入ることのできない、覚醒したものだけが入れる、無垢の世界です。そこで小十郎は思いがけない光景を見てしまいます。

小十郎が湧き水を汲みに山を下りかけたとき、やっと一歳になるかならないかの子熊をつれた母親熊に出遭います。

淡い月の光の中で、二匹は遠くを眺めながら話しています。小十郎にはまるで、その二匹の体から後光がさしているようなに見えました。月の光が青白く山の斜面を滑っていき、銀の鎧《よろい》のように光っています。

熊の親子の会話は、やさしいやり取りですが、その光景を目にした小十郎は、そっと後ずさりしてゆきます。

人間が神や仏性に対して、畏《おそ》れやおののきの他に、愛や慈しみを持つのは、時にこうした浄化体験があるからだと思います。それは思いがけないところから、神様や仏様の手が差し伸べられ、自分の存在が祝福される一瞬で、現実の欲から抜け出て、無垢に近い存在になる、崇高な体験だと思います。賢治はこの光景に卑俗的な世界をぶつけていきます。

☆町へ行った小十郎

マタギの小十郎と熊の関係については、宗教的な事は何ひとつ語っていないにもかかわらず、熊の親子を通しての浄化があります。そして、賢治はこのプロローグの対極に、あえて現実的、世俗的場面を持ってきます。

……この豪儀な小十郎がまちへ熊の皮と胆《きも》を売りに行くときのみじめさと云ったら全く気の毒だった。

と始まるこの章では、小十郎が、町の荒物屋に山のように毛皮を背負って売りにゆくと、店で商売相手から手玉に取られる様子が書いてあります。

「旦那《だんな》さん、お願だます。どうが何ぼでもいゝはんて買って呉《く》なぃ。」小十郎はさう云ひながら改めておじぎさへしたもんだ。

主人はだまってしばらくけむりを吐いてから顔の少しでにかにか笑ふのをそっとかくして云ったもんだ。

「いゝます。置いてお出れ。ぢゃ、平助、小十郎さんさ二円あげろじゃ。」

店の平助が大きな銀貨を四枚小十郎の前へ座って出した。……

それでも小十郎はうれしくてワクワクしています。商い成立の礼として台所で酒が振舞われるのですが、しかし書いている賢治の気持ちはおさまりません。

……いくら物価の安いときだって熊の毛皮二枚で二円はあまり安いと誰《たれ》でも思ふ。実に安いしあんまり安いことは小十郎でも知ってゐる。けれどもどうして小十郎はそんな町の荒物屋なんかへでなしにほかの人へどしどし売れないか。それはなぜか大ていの人にはわからない。けれども日本では狐《きつね》けんといふうものもあって狐は猟師に負け猟師は旦那に負けると決まってゐる。こゝでは熊は小十郎にやられ小十郎は旦那にやられる。旦那は町のみんなの中にゐるからなかなか熊に食はれない。けれどもこんないやなずるいやつらは世界がだんだん進歩するとひとりでに消えてなくなって行く。僕はしばらくの間でもあんな立派な小十郎が二度とつらも見たくないやうないやなやつにうまくやられることを書いたのが実にしゃくにさはってたまらない。

この吐き捨てるような言葉は、もちろん彼の正義感のなすところですが、もうひとつは、実家の家業に対する嫌悪とも考えられます。同様の言葉を彼自身が父親や身内の人間に吐き捨てることができたなら、「雨ニモマケズ」の詩は生まれなかったかもしれません。しかし、とにもかくにもこれを挿入しなければ、話は平板になってしまいます。また、あのずるい店主の心の澱《よど》みがあるからこそ、それに照り返されて、熊の親子と小十郎にいっそう光があたるのです。

また、当時の階級社会では覆ることのない店主と小十郎の上下関係が、未来社会では逆転し、消えてなくなる、と言い切る賢治の先見性も素晴らしいです。小十郎の惨めさが、神に祝福された勝利者として逆転していくプロセスが構想されており、だからいまいましいこの場面を挿入せざるを得なかったのかもしれません。

もともと賢治の目にあるのは小十郎と熊たちだけで、現世的に成功している店主などは、世界の端っこでチョロチョロしている小者に過ぎません。そんな小者がこざかしく目先の欲につられて小十郎をいじめても、揺るぎもしない世界があることを賢治は確信しています。

それは深く大きな自然のふところで、小十郎はまたそこへと帰ってゆきます。この「山へ帰る」という設定に、賢治が帰ってゆくべき世界があります。山へ帰った小十郎は、ある夏の日、さらにとんでもない出来事に出くわします。

☆小十郎の死

無垢なる者が住む山、形あるものがその形のまま生きている場所としての山。そこにマタギの小十郎は帰っていきました。

小十郎がある夏の日、谷を渡ってひとつの岩へよじ登ろうとすると、いきなり前の木によじ登っている熊に出くわします。小十郎は鉄砲を突きつけて殺そうとします。しかし熊のほうは、小十郎に襲いかかろうか、それともそのまま撃たれてやろうか、と思案している風です。小十郎が鉄砲を構えて近寄ると、熊は両手を挙げて叫びます。

「おまへは何がほしくておれを殺すんだ。」

「あゝ、おれはお前の毛皮と、胆《きも》のほかにはなんにもいらない。それも町へ持って行ってひどく高く売れると云ふのではないしほんたうに気の毒だけどやっぱり仕方ない。けれどもお前に今ごろそんなことを云はれるともうおれなどは何か栗かしだのみでも食ってゐてそれで死ぬならおれも死んでいゝやうな気がするよ。」

「もう二年ばかり待って呉れ、おれも死ぬのはもうかまはないやうなもんだけれども少し残した仕事もあるしたゞ二年だけ待ってくれ。二年目にはおれもおまへの家の前でちゃんと死んでゐてやるから。毛皮も胃袋もやってしまふから。」


小十郎は変な気がして、考え込んでしまいます。熊はゆっくり立ち去ってゆきます。その広い赤黒い背中が木の枝から落ちた日光にちらっと光った瞬間、小十郎はう、うとせつなそうにうなります。

それから二年たったある朝、風が烈しくて、木でも倒れたかと小十郎が外へ出てみると、あの熊が口からいっぱい血を吐いて倒れていました。小十郎は思わず拝みます。

一月のある日、小十郎は何となく不吉な予感を感じますが、その日も猟に出かけました。

夏のうちに目をつけておいた熊をしとめに、白沢川の岸を遡り、まばゆい雪の中を登りきって一休みしていると、目をつけておいた熊が突然襲ってきます。小十郎も鉄砲を構えて応戦しますが熊は倒れず、嵐のように襲ってきます。

……小十郎はがあんと頭が鳴ってまはりがいちめんまっ青になった。それから遠くで斯《こ》う云ふことばを聞いた。

「お、小十郎おまへを殺すつもりはなかった。」もうおれは死んだと小十郎は思った。そしてちらちらちらちら青い星のやうな光がそこらいちめんに見えた。

「これが死んだしるしだ。死ぬとき見る火だ。熊ども、ゆるせよ。」と小十郎は思った。それからあとの小十郎の心持はもう私にはわからない。

それから三日目の晩に、真っ白い雪に照り返され、スバルやオリオンの星空の下で熊による小十郎の弔いが始まります。


その栗の木と白い雪の峯々にかこまれた山の上の平らに黒い大きなものがたくさん環《わ》になって集まって各々黒い影を置き回々教徒《フイフイ》〔回教徒のこと〕の祈るときのやうにじっと雪にひれふしたまゝいつまでもいつまでも動かなかった。そしてその雪と月のあかりで見るといちばん高いところに小十郎の死骸《しがい》が半分座ったやうになって置かれてゐた。

思ひなしかその死んで凍えてしまった小十郎の顔はまるで生きているときのやうに冴《さ》え冴《ざ》えして何か笑ってゐるやうにさへ見えたのだ。ほんたうにそれらの大きな黒いものは参の星〔からすき・オリオン座の三ツ星〕が天のまん中に来てももっと西へ傾いてもじっと化石したやうにうごかなかった。

先に書いた土神や狐も、貝の火のホモイも狐も、そして地獄行きを争った狸やなめくぢや蜘蛛ら、いずれも下等で未熟な者達です。それら、賢治の中のインナーチャイルド（内なる子供）とでもいうべき洗練されていない彼の自我が、「なめとこ山の熊」では見事に昇華されています。

☆「なめとこ山の熊」からデクノボーへ

これまでの賢治の童話に出てきた者たちが、洗練されてない自我、自分の欲望にとらわれて敗北していくのにくらべ、なめとこ山の熊と小十郎には、知的に昇華された魂（自我）があります。

「洞熊学校」では、いくら命乞いしても容赦なく相手に食べられてしまったのにくらべ、「なめとこ山」では、宿命的な関係（殺しあう関係）に対するまなざしが、深くやさしいものになっています。

しかし「土神と狐」では、二極化して互いに滅びに向かうことに対し、見守ってはいても、傍観しています。最後には、熊に殺された小十郎を熊自らが弔《とむら》うことで、双方はひとつの空間と時間のなかで一体化していきます。

現実の空間では対立し矛盾する者が、命への執着をとくことによって、精神的に結ばれるのです。

賢治は、小十郎と熊を理想として眺めています。「土神と狐」には、不条理に対する悲しみがあり、

「なめとこ山」では、不条理を止揚する力が働いています。もしかしたら賢治には、人間と人間の関係を、あるいは人間と自然の関係を、プロデュースしたいという願望があったのかもしれません。花巻農学校を退職して「羅須《らす》地人協会」を作り、若い農民を集めて活動しようとしたのは、そんな願望があったからかもしれません。

童話を書くということは、さまざまなキャラクターを舞台に乗せ、脚色演出してひとつの世界をプロデュースする事であり、その目は、常に第三の立場（客観的位置）にあります。なめとこ山の熊と小十郎の不連続な命がむすばれて一体化し、自然と人間が、動物と人間の命が、対等に共生しています。この物語ではそれがことさら宗教色や倫理性を強調することなく、素直に美しく描き出されています。

「土神と狐」の情念や虚飾に囚われている登場人物も、「貝の火」の内省を忘れたホモイも、「洞熊学校の」の三人の生徒も、この「なめとこ山の熊」という清浄な作品ひとつの存在によって救われているのです。この信仰の原型的作品があるからこそ、賢治もさまざまに逸脱する登場人物を自在に書く事ができたのでしょう。

たとえば「風の又三郎」、「鹿踊りのはじまり」、「どんぐりと山猫」、「水仙月の四日」なども、心の原型に対し外部からの圧力がかかっていないために、登場人物に無理や背伸びがなく、土神も狐も、ホモイも、そして洞熊学校の三人も、小十郎と熊＝賢治の懐で癒され、許されて、多彩な賢治の世界を構成するファクターとして、市民権を与えられています。

「お前は何が欲しくておれを殺すのか。」と問いかける熊は、現実の空間で、さまざまに自己抑圧を強いられる賢治の自我の自問自答のようです。それに対して、「お前の毛皮と肝しかいらない。」、それも生きてゆくためだ、と答える小十郎は、賢治の自己に対する弁明にも思えます。

宿命とは、範疇を超えた物事が起こってしまうことであり、その宿命に甘んじず、より高次な生き方を目指せば、自分が崩壊してしまう危機を孕みます。小十郎と熊はその宿命を受け容れ命を全うしたが故に、最後は浄化され、大きな力の懐に包まれました。賢治さらに、デクノボーと呼ばれる者に昇ろうとしました。そこには、何があったのでしょうか。

それを、次の「銀河鉄道の夜」で探してみたいと思います。

「銀河鉄道の夜」――自己の弔いの旅

☆はじめに

あまりにも有名な「銀河鉄道の夜」という作品は、発想の斬新さと、銀河と鉄道というファンタジーの組み合わせから、夢と冒険物語のような印象を与えますが、私には、寂しく心細い賢治の、もろくくじけそうな自分の弔《とむら》いの旅としか思えません。他の人々はどんな風に受け取っているのでしょうか。

物語の下敷きには、賢治の妹トシが影響をうけたメーテルリンクの『青い鳥』があるのだ、とか、親友カンパネルラの事故の死出の旅路に同行したジョバンニが、本当の幸いを捜す旅をするために地上にもどってくるという話である、という説もあります。

また、賢治の「農民芸術概論」の中の、「世界全体が幸福にならないうちは個人の幸福はあり得ない」という思想や、当時、世界で流行していた心霊科学の説に法華経の宇宙論を重ねあわせ、宇宙意志に基づいて生きるということを書いたのだ、という説もあります。既成宗教を超越して宇宙のバイブレーションの中に人間の生と死があると考え、宇宙の旅を設定したのだ、という説もあります。それにしても行間に寂しく薄暗く心細い気配があるのはなぜなのでしょう。

物語は、理科の授業風景から始まります。

「ではみなさんは、そういふふうに川だと云《い》はれたり、乳の流れたあとだと云はれたりしてゐたこのぼんやりと白いものがほんたうは何かご承知ですか。」……

のっけから、銀河の星について知っているか、とは、挑戦状のようです。あなたたちは本当のことを知っていますか、という賢治の問いかけのようにも思えます。しかし、主人公ジョバンニには戸惑いがあり、先生の質問に対して、自分が答えを知っている事を表明できません。そして友人のカンパネルラも、答えを知っているにもかかわらず、ジョバンニに同情して、返事をためらっています。これはジョバンニとカンパネルラの関係を示唆するものであり、彼らが属する集団のなかでは、本当のことを言ってはいけないという防衛意識のようでもあります。言葉をのみこむジョバンニが生きている空間の、何ともいえない閉塞感でもあります。ここでほんとうのことを言っても通じない、というジョバンニの警戒心と孤独が感じられます。これは賢治の閉塞感、孤独、警戒心かもしれません。

☆ジョバンニの事情

「銀河鉄道の夜」第二章の「活版所」では、貧しいジョバンニが家計を助けるために、活版所で大人の工員に交じってけなげに働く姿が描かれています。

そこで得たお金で、ジョバンニはパンと角砂糖を買って家へ帰ります。家では病気の母親が寝てお り、会話から、父親が船乗りで、北洋の海で何かのトラブルに巻き込まれて帰って来ることができないという家の事情がわかります。

ジョバンニは母親が飲むための牛乳をもらいに、銀河のお祭りをしている町に飛び出してゆきます。祭りで賑わう町を通りすぎ、農場まで行くのですが、担当者がおらず、要領を得ないまま町へひきかえす途中、祭りではしゃぐ同級生らに父親の事でからかわれ、牧場の後ろの黒い丘へと逃げていきます。

主人公のジョバンニが、学校の仲間からはずれていること、家の貧しさや父親の行方が知れないことなどに引け目を感じていることがわかります。そこにクラスメートの悪ガキがつけこんでからかい、親友のカンパネルラもジョバンニを理解しながらも、微妙に距離をとっています。つまりジョバンニは一人ぼっちなのです。ですがジョバンニには、他の子供と違って高い知性があり、内省的で繊細であることも読み取れます。

牧場の後ろの丘の天気輪の柱の下に来たジョバンニは、汽車の音を聞き、空の星を眺めながら、幻想の世界、第四次元の世界へと入ってゆきます。それは、彼独特の宇宙観の世界であり、俗世界の対極にある、よけいなものがいっさい入ってこない閉じた自己世界です。よけいな騒音も、よけいな人間も、よけいな雑念も取り除かれた内的世界。だれしもそういう世界に入ってゆくと、ほっとします。本を読んだり、音楽に没入したり、瞑想したりと、外部を遮断した自分だけの解放区です。逆に、私たちは常に他者から侵入や干渉を受けており、その対応で、自我がいつもヘトヘトになっています。だからこそ、こういうささやかな引きこもりで、一息つくのです。とりわけ当時の賢治にしてみれば、その思想はほとんど理解されていませんでしたから、この物語の中に、その世界を設定し、人々に伝えたいメッセージを織り込もうとしたのかもしれません。

やがてジョバンニは汽車に乗り込みます。


そしてジョバンニはすぐうしろの天気輪の柱がいつかぼんやりした三角標の形になって、しばらく蛍《ほたる》のやうに、ぺかぺか消えたりともったりしてゐるのを見ました。それはだんだんはっきりして、たうとうりんとうごかないやうになり、濃い鋼青のそらの野原にたちました。いま新らしく灼《や》いたばかりの青い鋼の板のやうな、そらの野原に、まっすぐにすきっと立ったのです。

するとどこかで、ふしぎな声が、銀河ステーション、銀河ステーションと云ふ声がしたと思ふといきなり眼の前が、ぱっと明るくなって、まるで億万の蛍烏賊《ほたるいか》の火を一ぺんに化石させて、そら中に沈めたといふ工合《ぐあひ》、またダイヤモンド会社で、ねだんがやすくならないために、わざと獲《と》れないふりをして、かくして置いた金剛石を、誰《たれ》かがいきなりひっくりかへして、ばら撒《ま》いたといふ風に、眼の前がさあっと明るくなって、ジョバンニは、思わず何べんも眼を擦《こす》ってしまひました。

気がついてみると、さっきから、ごとごとごとごと、ジョバンニの乗ってゐる小さな列車が走りつづけてゐたのでした。ほんとうにジョバンニは、夜の軽便鉄道の、小さな黄いろの電燈のならんだ車室に、窓から外を見ながら座ってゐたのです。車室の中は、青い天鵞絨《びろうど》を張った腰掛けが、まるでがら明きで、向こうの鼠《ねずみ》いろのワニスを塗った壁には、真鍮《しんちゅう》の大きなぼたんが二つ光ってゐるのでした。

☆プリオシン海岸の証明

いよいよジョバンニの旅が始まります。銀河鉄道の汽車に乗り込んだジョバンニのまえには、ぬれた様に真っ黒い上着を着た、カンパネルラがすわっていました。カンパネルラは同級生の悪ガキ、ザネリを助けようとして、溺れてしまったのです。カンパネルラは自己犠牲的な行為をしたのですが、「おっかさんは、僕を許してくださるだろうか。」と言い出します。突然の奇妙なことばをジョバンニは不可解に思い（？）ますが、カンパネルラは自分の死をおっかさんが許してくれるだろうかと動揺しています。

カンパネルラの母親は、すでに死んでいます。そこにカンパネルラの孤独があります。また死ぬ事により、黄泉《よみ》の世界での母親との再会があり、もしかしたらカンパネルラの深層には、自殺願望があったのかもしれません。賢治も、妹トシが死んで孤独が深まる中で、妹の霊との再会を夢見ていたような節があります。

プリオシン海岸という二百万年前の海岸で下車した二人は、そこで地質調査をしている大学士に会います。彼は証明をするために採掘をしているといいます。何を証明するのかというと、それは、賢治の人生のテーマでありこの童話のテーマでもある、宇宙から見た人間観と歴史観です。

詩集『春と修羅』序に「わたくしという現象は」とあるように、人間は自分という一本の確立された不動の自我があるように錯覚されていますが、そうではなく、実は刻一刻と変化する現象に過ぎない、と賢治は言っています。現代でも通用する賢治の先見性の鋭さでしょう。人間という物質の中を生命エネルギーが通っているとき、その人間という物質が生きて活動するのであり、エネルギーの充満が過ぎれば死があるのです。しかし現代と賢治の時代との違いは、脳から心の問題を解明しようとする脳科学が発達していることです。しかし死を脳科学的に解き明かせなかった時代の賢治は、死による肉体の滅びを超えて魂が宇宙へと収斂していくと仮想していたかもしれません。そして、死の先に魂の浮遊を求めて、宇宙へと旅だとうとしたのかもしれません。もし賢治が現代に生きていたら、この銀河鉄道の旅はうまれなかったかもしれません。

☆鳥捕りパパゲーノ

プリオシン海岸から再び銀河鉄道に乗って、ジョバンニとカンパネルラは旅を続けます。

そこにちょっといかがわしい人間が乗ってきます。茶色のぼろぼろの外套を着て白い布で包んだ荷物を肩に振り分けに担いでいます。赤い髯で背中がかがんだその人は、鳥を捕まえる商売をしているようです。鶴や雁《かり》や白鳥を捕まえて押し葉にして食べるといいます。二人はいぶかしがりながらも、鳥捕りの差し出した雁の足を食べると、チョコレートよりもっとおいしい味がします。この得体の知れない男も、エネルギー体らしく、汽車の中と外を自在に行き来します。

この鳥捕りは、モーツァルトのオペラ「魔笛」の鳥捕りのパパゲーノがモデルかなあと思います。その台本を書いたのは、モーツァルトの飲み友達シカネーダーです。賢治も花巻農学校時代には、突然踊りだしたり、ホッホーと奇声を発したりしたようですが、ホッホッーなどと奇声をあげて踊ったりふざけたりする愉快な鳥捕りパパゲーノを演じていたのではないかという気もします。

このとき車掌が切符の検札に来ます。ジョバンニが見せた切符を見て、鳥捕りが、

「おや、こいつは大したもんですぜ。こいつはもう、ほんたうの天上へさへ行ける切符だ。天上どころぢゃない、どこでも勝手にあるける通行券です。こいつをお持ちになれぁ、なるほど、こんな不完全な幻想第四次の銀河鉄道なんか、どこでもいける筈《はず》でさあ、あなた方大したもん

ですね」

とほめます。それを聞いて、ジョバンニは彼を少しばかにしていた自分を反省し、この人のためなら、自分が天の川原にたって百年鳥を捕りつづけてもいい、という自己犠牲的な気持ちになりますが、もう鳥捕りは消えています。

おそらくジョバンニが持っていた切符は、宇宙意志の世界の通行券で、四次元だけではない、さらにもっと高次元の世界への通行券なのかもしれません。そういう使命をジョバンニは負わされているからこそ、死んでもいないのに、死者の乗る汽車に乗っている。つまり死の世界と宇宙、生の世界を統合する要の役目です。しかしそのことをまだ彼は知りません。そこに自分がいることの違和感や不安のなかで、ちょっと見下していた鳥捕りの男からそれを褒められて、むしろ後ろめたくなるのです。

☆自己犠牲のなぞ

優等生で自信があるカンパネルラと、ちょっと問題児のジョバンニ。賢治の童話には、よくこの二種類のパターンの少年が登場します。

「光の素足」の兄と弟、「雪渡り」の狐のしっかり者の紺三郎と人間の四郎とかん子、「風の又三郎」と一郎、それに「水仙月の四日」の雪童子《ゆきわらし》とお使いに行く子供など、一方はとてもしっかり生きていてバランスがよく、もう一方はどこか頼りなく、内省的です。この二つのパーソナリティーが、ギッコンバッタンとシーソーのように交錯して登場します。

銀河鉄道に話を元に戻すと、さらに新しい乗客が登場します。難破船で遭難したふたりの子供と家庭教師です。そこで語られるバルドラの蠍《さそり》の話は、強烈な自己犠牲の話です。蠍座の由来としてバルドラの蠍が自分をいけにえとして捧げるという、烈しい物語が挿入されます。賢治は、この自己犠牲ということに憑りつかれています。なぜなのでしょうか。

この三人のエピソードについて、ちょっと気になるのがキリスト教に対する賢治のスタンスです。キリスト教徒である遭難した三人に対してジョバンニは「うその神様」と反論しています。唯一の絶対神であるキリスト教の神が、神そのものさえ相対化しようとする賢治には、違和感があったのかもしれません。しかし少女と家庭教師に自分の無事を彼らの神に祈られる、という屈辱を浴び、ジョバンニは泣きそうになります。賢治の心の中には、キリスト教も仏教もイスラム教も超越する宇宙の意志というのがあり、それらの宗教すべてを包括するその先にこそ、人類の幸福があると信じていたのでしょう。この三人はそれを理解しようともしません。だからこそ、彼らは途中下車となったのかもしれません。しかし、それもはっきり表明できない賢治＝ジョバンニがいます。いまひとつ自信のない賢治ですね。

狂信的な人たちは、神に依存している自分に気づこうとしません。また神という権威で自分が優位に立ち、そこから慈悲深い顔で他人を見くだす人もいます。しかし私は聖書の世界が大好きです。何度も何度も聖書を読んで救われ、人生の手引書として、たくさんのことをおしえられました。同時に、自分の執着を解き放つ仏教の世界も魅力的です。聖書の世界は、肉体が滅び霊的な世界へと移行するのに対して、仏教は現象論の世界です。自我の執着を解いたところに現れてくる空こそ、最終の到達点です。すべてが解体して原子に戻る世界です。

仏陀は苦からの解放を説きました。人間の生は苦であり、死とは自我の喪失であり、その恐れがさまざまな煩悩を引き起こし、苦しめるのです。だから自我への執着を解き、不安を解き、自分を欲から解放せよ、という教えには共感します。

逆に死しても現実との連続にある霊への執着は、現実との関係を断ち切れない人間社会への執着がありますす。なぜこんなに賢治は死の世界に執着したのでしょう。そして、寂しく心細い闇の中で考えていたことはなんなのでしょう。

実はこれはほんとうに謎なのです。現象論で自我を説いている賢治がなぜ、死後の世界へその自我を持ち込むのでしょう。死後の自我は解体されないのでしょうか。それとも死後は意識としての霊が宇宙へととんでいったと考えたのでしょうか。まだトシの霊を追い求めていたのでしょうか。もしかしたら、死後も人間の観念は残ると考えていたのかもしれません。

だからこそ、自分の生を大切に生きろと言われます。大切に生きるということを、自己犠牲的に生きる、と賢治は思いこんだのかもしれません。しかしなぜそう思いこんだのか。その思想と現実の自己矛盾を解決できず、そのためにこの話を書いたとも考えられますが、すっきりとしません。

☆カンパネルラとの別れ

ジョバンニと本当の神様論争をした女の子とその弟、家庭教師は、十字架の立つサザンクロスで降りてしまい、汽車の中はまたジョバンニとカンパネルラの二人きりになってしまいました。ジョバンニは、女の子から聞いた蠍の話――散々小さな虫やなんかを殺して食べていた蠍が、今度はいたちに掴まって、自分が食べられる羽目になった時、今まで自分がしてきた殺生を悔《く》い、いけにえとして自分の命を差し出して神に祈ると、それが報われて真っ赤な美しい火になり、闇を照らす蠍座の星になった――をカンパネルラと話します。

「カンパネルラ、また僕達二人きりになったねえ、どこまでもどこまでも一緒に行かう。僕はもうあのさそりのやうにほんとうにみんなの幸《さいはひ》のためならば僕のからだなんか百ぺん灼《や》いてもかまはない。」

「うん。僕だってさうだ。」カンパネルラの眼にはきれいな涙が浮かんでゐました。

「けれどもほんとうのさいはひは一体何だらう。」ジョバンニは云ひました。

「僕わからない。」カンパネルラがぼんやり云ひました。

実はこの「銀河鉄道の夜」には三つの異稿があり、特に第三次異稿には、本当の幸せについて生き生きと語られていましたが、最終稿ではすっぽり抜き取られています（これについては後述します）。ジョバンニには刻一刻とカンパネルラとの別れが近づいてきます。二人は銀河のなかの暗黒星雲である真っ黒い孔《あな》を見つけます。その不気味な底なしのような暗闇をみながらジョバンニは、

「僕もうあんな大きな暗《やみ》の中だってこはくない。きっとみんなのほんとうのさいはひをさがしに行く。どこまでもどこまでも僕たち一緒に進んで行かう。」

とカンパネルラに話しかけますが、彼は自分の母親の姿を見つけて、うわの空の返事しかしません。

「あ、きっと行くよ。あ、、あすこの野原はなんてきれいだらう。みんな集まってるねえ。あすこがほんたうの天上なんだ。あっあすこにゐるのはぼくのお母さんだよ」。

このことばを最後に、カンパネルラも汽車の中から姿を消します。

「カンパネルラ、僕たち一緒に行かうねえ。」

ジョバンニがこういいながらふりかえって見ましたらそのいままでカンパネルラの座っていた席にもうカンパネルラの形は見えずただ黒いびろうどばかりひかっていました。ジョバンニはまるで鉄砲丸のように立ちあがりました。そして誰にも聞こえないように窓の外へからだを乗り出して力いっぱいはげしく胸をうって叫びそれからもう咽喉いっぱい泣き出しました。もうそこらが一ぺんにまっくらになったように思いました。

何とも心細い心のおびえと絶望に、言葉もありません。なぜこうまで自分を突き放さなければならないのか、なぜ自分の命を百ぺんも焼いてもかまわないと思い込んでしまうのか、なぜそこまで自己犠牲をアピールしなければならないのか。

それは、彼が逃げ場を失ってしまったからだと思います。もしかしたら、宇宙への旅へと自分を逃がさなければならないほど内面は深刻だったのかもしれません。

現実世界で詩人として、童話作家として、地質学者、物理学者、科学者、すべて賢治は世に受け入れてもらえませんでした。単に地質学者として、科学者として学問を究めていけば、こんなに苦しまなくてすんだかもしれません。しかし賢治には、何より人間としての自分、おまえはどう生きるのかと問いかける自分がいました。地質学も物理学も化学も科学もすべて、人間は一体何なのかという大きな命題への答えなくしては意味がありませんでした。

心霊科学の宇宙意志は、現生の人生こそを有意義に生きろというものでもありますが、賢治はそれが強迫観念化しています。

鋭い感受性と自己完結することにより大きく増幅された想像力によって法華経と結びついた賢治の宇宙物理学は、その前衛的先駆性によって誰からも理解されることなくこの世に孤立していました。

賢治の「農民芸術概論要綱」の序文にこうあります。

近代科学の実証と求道者たちの実験とわれらの直観の一致に於《お》いて論じたい
世界がぜんたい幸福にならないうちは個人の幸福はあり得ない
自我の意識は個人から集団社会宇宙と次第に進化する
この方向は古い聖者の踏みまた教へた道ではないか
新たな時代は世界が一の意識になり生物となる方向にある
正しく強く生きるとは銀河系を自らの中に意識してこれに応じて行くことである
われらは世界のまことの幸福を索《たず》ねよう　求道すでに道である

これを情緒的に或いは文学的に倫理的に読み違えてはいけません。これは賢治の科学の概論です。自我の意識が個人から解体され分解されて、次第に抽象化されていく過程が社会から宇宙へゆくということである、という科学論です。気になるのが「この方向は古い聖者の踏みまた教えた道ではないか」という一行です。古い聖者というのは誰のことなのでしょう。仏陀のことかもしれません。

さらに言えばインターネット社会とウエブ社会の世界、世界政府とグーグルの巨大な情報システムです。もしかしたら人間の未来を賢治はすでにおぼろげながらもつかんでいたのかもしれません。しかしあまりにも前衛的過ぎて、誰にも理解されないまま、現実に敗北し自分を封印しました。自身も人間的な情緒、感情の世界と先鋭的科学者としての世界の矛盾の中で、立ち尽くしていたのかもしれません。

☆二つのメタファー――カンパネルラとジョバンニ

賢治がインターネット社会を予想していたとは考えられませんが、社会が進化すれば人間の自我が相対化され、やがては宇宙の情報ネットの中でさまざまな欲望や煩悩も解決されてゆくかもしれません。そしてインターネットの情報網で国々が愚かさとは何かを学べば、世界政府的な、人間の幸福のための機関ができる、というようなことを予想したかもしれません。

実際、情報のオープンソース化には、その根幹に人間相互の信頼と自由の保障の思想があり、まんざら夢物語でもなくはないと思います。

さて、カンパネルラは賢治にとって、理想の少年に見えます。カンパネルラはカンパネルラの孤独を背負っているのですが、ジョバンニに比べ経済的にも精神的にも豊かで、それにもまして心の自由を持っています。賢治の中には常に二人の少年が住んでいます。ひとりは自由で自信に満ち、安定した、現実とバランスを取るアダルトの賢治です。もうひとりは現実的呪縛《じゅばく》と桎梏《しっこく》の中でのたうち回って苦しむ賢治のチャイルドです。そして実はもうひとり、ジョバンニの裏にクラスメートの悪ガキがいて、シャドウを請け負っています。

自由で気ままな少年とシャドウは、風の又三郎であり、「どんぐりと山猫」の一郎、「水仙月の四日」の雪童子、それに「毒もみの好きな署長」の署長など、初期の作品には何らかの形で、ふたつがバランスを取りながら輝いています。

教訓的なストーリーの中で、自由で愉快な賢治がペロリと舌を出し、「なめとこ山の熊」や「土神と狐」のように、善と悪の中心に賢治が鎮座しています。

しかしあるときから、ジョバンニ側に傾きだします。

それは、求道的で、現実の桎梏の中で追い詰められていく賢治です。「貝の火」のホモイや「よだかの星」のよだかであり、グスコーブドリでもあります。

それはもともと賢治を構成する大きなファクターでしたが、もうひとつの自由奔放な賢治とシャドウの賢治とのバランスで救われていました。しかしある頃から、シャドウが賢治を追い込んでゆく様相を呈してきます。そこでどうしてもジョバンニを生かし、カンパネルラを失うしかなかったのではないでしょうか。

カンパネルラを失ったジョバンニは、ひとり汽車から降りて現実へ帰って行きます。そこでは友達を助けようとして川にとびこんで行方不明になっているカンパネルラの捜索が行われています。カンパネルラの父親に向かって、ジョバンニは思わず、僕はカンパネルラの行った方を知っています、と言いそうになりますが、カンパネルラの父は理性を失なわず、ジョバンニを気遣います。このカンパネルラの父親の冷静さは、何なのでしょう。かえって白々しくも思えます。

しかし、ここで賢治はあきらめ、決意したかもしれないのです。つづいて賢治が切り落としてしまった異稿からその姿をあぶりだしてみようと思います。

☆私の見解

賢治が隠した自分の本心とは何だったのでしょうか。「銀河鉄道の夜」には三つの異稿があり、それぞれ書かれた年代が異なっています。起稿は賢治が二十七歳か二十八歳の頃（研究者によってずれがあります）で、『春と修羅』や『注文の多い料理店』を刊行し、脂が乗りきってやる気満々の頃です。
一、二、三次稿は、イルカが銀河の海を飛び跳ねる描写があったり、ケンタウルスの祭りの描写も華麗です。そして、『春と修羅』で高らかに宣言した「この世は通過していく現象で、自分と思い込んでいる自我も実は点滅する電気現象に過ぎない。すべては時間と空間に規定された心象風景である。」という叙述があります。その箇所は、最終稿ではすべて消されています。
異稿では、セロのような声やブルカニロ博士が背後にいて、この真理を教え、ジョバンニは孤独を引き受け、現実でしっかり生きていこうと決意してこの世に帰ってきます。しかし最終稿では、カンパネルラを失って大泣きしたところで眼を覚まし、彼の孤独は何一つ答えのないまま、幻想の旅から現実に帰ってきます。

賢治は羅須《らす》地人協会を始めたあたりから墜落していきました。それは賢治のメサイア症候群の挫折が始まりだと思います。メサイヤ症候群とは、平たく言えば、自分を救世主と思い込み、他人を助けることに生きがいを感じる人です。こういう傾向の強い人は、自分と他人との明確な分離ができないため、自分と他人を一体化して受け取ります。相手が自分で解決すべきことであるにもかかわらず、そこに自分の不幸や悲しみを投影し、まるで自分のことのように同情し、助けようとします。

つまり、他人の生命力や自力で生きる力を信じて突き放すということができないのです。他人が救われると、あたかも自分が救われたように同調します。実際の自分は現実と戦かわず、他人のふんどしで戦った気になってしまいます。そのため、本当に自分自身を生きておらず、現実感が非常に希薄で観念的であり、物事をすこぶる安易に受け取ってしまいます。

賢治が救おうとしたのは、貧困に苦しむ農民達でした。しかし、裕福な家に生まれた彼に、どん底を生きる農民の苦しみなどわかるはずがありません。差別された者の情念や怨念が渦巻いていようとも知らず、自分もいっぱしの農民になろうと近づいて行きます。

ぎりぎりの生活の中での重労働と貧困、娘を売って食いつなぐ農民もいました。そこに何の苦労もない金持ちのボンボンが受け入れられたとは到底考えられません。

自分に対する農民の厳しい眼に怯えつつ、いけにえとして自分を差し出し、一切の豊かさを放棄して、「羅須地人協会」の生活がありました。「羅須地人協会」を拠点にして、啓蒙運動をしようとしていたのではないでしょうか。最初はそれなりに活発に活動していますが、だんだん雲行きが怪しくなっていきます。花巻農学校で、子供らを相手に教育した成功体験から、今度は大人の農民へと手を広げようとします。そこにどんなに埋めがたい断絶があるか、認識できなかったのではないでしょうか。

本物の百姓と百姓もどきの自分との違和、絶対人には知られてはならない心、すなわち近代的でインテリの自分は、本当は古臭い階級制や土着的な閉鎖性など大嫌いなことを隠すために、彼は宗教で偽装したのではないでしょうか。

いや、宗教でなんとか統合しようとしたのでしょう。法華経を懸命に布教しようとするその深層には、それによって人を変えたいという欲求があります。しかしそれは本人も気づいていなかったかもしれません。自分のおびえを転嫁するために、法華経に狂信的に依存したのです。そこで自分を本物化するために、菜食主義と重労働を課し、現実的には逃げていないフリをしました。賢治の大好物は天ぷらそばだったのに。

仏陀《ぶった》が一番嫌ったのは苦行して悟ることなのです。ありのままの自分をそのまま受け入れること、自分の中の矛盾もそのまま受け入れること、賢治にはそれができませんでした。

なぜありのままの自分、人間らしい煩悩を否定したのか、それは彼が懸命に求めた悟りや求道の心の深層に、他者、つまり人間に対する恐れや不信があったからだと思います。

ほんとうは、他者を恐れる自分、人間不信の自分の心にこそ、気づかねばならなかったのに、そこまで掘り下げないまま、農民になろうとしたのです。農民こそは彼の救済の対象でした。でも、そう甘くはありません。彼も自分の中にあるその偽善を本当は知っていたと思います。「貝の火」でも、偽善は鳥たちに見破られていたでしょう。だからこそ執拗に自己犠牲をアピールし、極端な自己抑圧を課したのです。自分の本心が表面に出てこないように、重い重い石で蓋をしたのです。自分をマインドコントロールしようとしたのではないでしょうか。

実を言うと、この私もメサイア症候群でした。自分のことはそっちのけで、他人のことを優先し、とても自己犠牲が好きでした。本当はとても利己的なのに。

もしかしたら賢治には、小さいときに仲間はずれにされたり、いじめられたりしたトラウマがあるのかもしれません。あのジョバンニのように。そうでなくとも家が質屋と古着屋の大金持ちで、農民の恨みや嫉妬を強烈に感じていたかもしれません。彼の父親はそんなことにはへこたれませんが、高い知性をもち西洋文学や宗教、哲学を解した賢治には引け目があったと思います。彼の悟りは偽装ではないかと書きましたが、本当に悟っていれば、自分を信じ他人を信じて、ありのままを受け入れればいいのです。しかし賢治は強引でした。どうしても自分を受け入れさせたかったのです。自己犠牲をしてまでも。それがあの「雨ニモマケズ」になり、自己放棄となりました。そしてそれに、意味づけをしました。

賢治はもうこれしかない、と本気で思って書いたのですが、ほんとうはそこが彼の解放区だったのです。自分の好きな詩を書いたり童話を書いたり、その才能でたくさんの人々が感動し、という風には考えられなかったのです。周囲も文化活動に対しての理解が薄かったのでしょう。実利がない事として認めなかったのでしょう。

だから、自分の啓蒙運動や自己犠牲の精神を本物だと認定してもらい、自分を認知してもらいたかったのでしょう。仲間に入れてもらいたかったのです。

☆追「銀河鉄道の夜」第三の少年・賢治のトライアングル

これまで二人の少年、ジョバンニとカンパネルラについて描いてきました。しかし大切なもうひとりの少年がいます。ザネリです。

ザネリは学校の友達で、ジョバンニに対して意地悪です。うっかりしていました。彼こそ賢治の大きなメタファーです。

ザネリはけなげなジョバンニとは正反対の悪ガキの大将です。仲間を引き連れてケンタウル祭りの中を遊び歩いています。しかしザネリは川へ落ち、その彼を救おうとして川へ入ったカンパネルラは死んでザネリは救出されます。なにやら暗示的ですね。

賢治にはザネリのように無邪気に子供らしく遊ぶのを牽制する気持ちが見えます。反対に、子供なのに、大人のように自分を犠牲にして献身的なジョバンニには、心を注いでいます。そして賢く分別のある少年カンパネルラは、ザネリを助けようとして身代わりのように死んでいきます。

ジョバンニとカンパネルラの二人は、理想的人格として光を当てられ浮き彫りにされています。この二人に光を当てるために、ガキ大将ザネリの存在が不可欠でしょう。ザネリにいじめられるジョバンニと、ザネリの身代わりになるカンパネルラ。

しかし、よく考えると、いちばん悲しいのはザネリです。カンパネルラが自分の代わりに死んだのだということを背負って生きなければなりません。賢治はそのことをどう考えていたのでしょうか。

これが、賢治の最大の弱点です。自分を見捨ててしまうのです。

賢治は自己犠牲的な賢者として称賛されています。でも彼にいちばん近いのはザネリです。わがままいっぱいで、いたずらっ子で、本人はひたかくしにしていますが、賢治自身は、子供らしく奔放に生きたかったのではないでしょうか。こういう賢治が活躍する童話は、とても面白いです。「洞熊学校を卒業した三人」や「貝の火」の狐も意地悪だけど生き生きしています。しかし本心を置き去りにして優等生を演じている物語は息苦しくて、息苦しくてたまりません。ほんとうは自己犠牲なんかちっともしたくないのに、自分の心を偽って、自分をいじめぬいてしまいました。まさしく賢治のシャドウとしての第三の主役、ザネリ！

賢治にはいつも三人のトライアングルがありました。

一人は知的な少年カンパネルラ、もう一人は自己犠牲の強いジョバンニ、そして最後は、本心にいちばん近いザネリです。ザネリこそ、承認したくない自分のシャドウです。このシャドウは、実は現実を覚めてみている賢治でもあるのです。

最後に、銀河鉄道を降りてジョバンニはこの世に戻ってきます。そこでカンパネルラの死を知ります。ジョバンニとザネリをつないでいたカンパネルラが死に、本心を内包していたザネリも失い、全体を統括し冷静に見つめるプロデューサーとしての足場を失った賢治はジョバンニ（自己犠牲）の方へと傾いてゆきました。そしてあの「雨ニモマケズ」が生まれます。そこには他人のシャドウに対抗するザネリもおらず、カンパネルラというアダルトの理性も失って、周囲のシャドウに脅かされてばかりいる賢治しか残っていません。

他人のシャドウをコントロールするには、まず、自分のシャドウを承認しないといけません。シャドウを承認すれば、自分のいい面も汚い面も両輪として、背骨がしゃんとします。それこそありのままに生きる自分なのですから。しかしどうしても賢治はそれができなかったのです。

それは、もう自分という機軸を失った、痛々しい賢治の姿です。ザネリ（生命力）が消え、現実に抗する力が尽きた敗北の姿のように見えますが、世間では、それが賢者としてまつりあげられていきました。

ほんとうに、ほんとうに賢治の壊れそうな心に寄り添うならば、賢人にしたり、神格化したりはしません。賢治もまた、ただのちいさな弱い人間であったのです。彼の中の封印されたチャイルドの心、シャドウをみつめてこそ、その悲しみが理解できます。そして、どうしても優等生の座から降りることができなかった裏側で生きていたあのザネリこそ、彼の生命力だったのです。
生命力とは、善も悪もすべて包括されてこそ、力を発揮するのです。

第二章　宮澤賢治をもう一度

ふたたび「貝の火」

賢治の童話「貝の火」を読み返してみると、以前には読み落としていたことがたくさんあります。その真骨頂は、物語の背景や情景描写で、言葉が詩情でキラキラ輝いています。

もし賢治が詩人として生きていたら、「成功禁止令」を乗り越えられたかもしれないなあ、とも思います。これから成功禁止令ついて掘り下げていきたいと思います。

童話「貝の火」には当時の賢治が抱えていた深層心理における未解決な要素がそのまま描かれています。

子兎《こうさぎ》のホモイは、溺れそうになっていたひばりの子を自分も溺れそうになりながら救い、そのまま熱病にかかってしまいます。そして、熱病が治り外へ出ると、ひばりの親子がそのお礼に「貝の火」という宝珠《ほうじゅ》を持ってきます。息子が「貝の火」を貰って父親兎も母親兎も舞い上がり、父親兎は、

「そうだ。それは名高いはなしだ。お前もきっと鷲の大臣のやうな名高い人になるだろう。」

と言います。

この鷲《わし》というのは、宝珠「貝の火」を貰い、大噴火の時に鳥を避難させたエピソードをもつ先人です。この親子には、そういう上昇願望があります。

ホモイは「貝の火」を貰ってから周囲の動物たちの態度がガラリと変わり、急に自分が偉くなったような気になってしまいます。周囲はただ様子をうかがっているだけだという事にホモイは気づきません。

慢心したホモイの心の隙に、シャドウであるキツネがどんどん入り込んできます。これも賢治の分身です。賢治の本心でもあります。自分自身で生きたい、親や世間の望むいい子になりたくない、という心が、狐に投影されているのです。しかし自身はそれを隠しています。そういう悪い子＝シャドウは罰をうけるからです。そこでブレーキをかけ、シャドウの目、つまり批判的に見る目に蓋をしようとします。

もし賢治が自分のシャドウを受け入れることができれば、成功禁止令が解けるのです。

成功とは、物事や世事の裏腹をちゃんと見ぬき、現実をよくわきまえて、自分の能力を生かすことですからね。現実の表裏が冷静に見えてくると、成功禁止令も解けてゆきます。同時に、自分を過大にしてしまう自己幻想も消えてゆきます。

誇大な自己幻想は、等身大の自分で生きてはいけないと思い込んだ子供が、その実像に親がのぞんだ理想像を重ね、理想の自己イメージを生きようとすることです。しかしその背伸びし、膨張した自己イメージは、所詮無理がありますから、反動として、正反対の影（本音の自分）を形成していきます。仮面の裏側にできてしまったシャドウ（影）です。

つまり等身大で生きていないから、できるのです。親の言うことなど聞かない悪ガキであったなら、シャドウにはなりません。

賢治が禁止した本来の奔放な子供としての自分の禁止令が、裏返って、表社会での成功禁止令となったのです。つまり、チャイルド性を発揮して奔放なことをした子供は罰せられる、ということが体に沁みこんでしまったのです。常に父親の目で自分を見張り、検閲し、そこからはみ出すと罰を与えられると思い込んでいるのです。

つまり、成功禁止令というのは、成功する自分をゆるさない自我です。成功しそうになる寸前で、自分から積み木崩しをやる自我です。どうしてそういう自我が育ってしまうかというと、ひとつには、子供の奔放な発想やエネルギーを親が禁止してしまうことです。もうひとつは、常に子供に対して、立派な人間、成功する人間になれという親が、実は心の奥底では、子供が成功したり、自分より立派な、自分を超えた人間になるのを喜ばないネガティヴな感情を抱えており、それが無意識のうちに伝わってしまうからです。

子供は自分独自の世界観が親の枠からはみだしたり、自分が成功しそうになると、親の嫉妬を恐れ、それを壊したり、自分にブレーキをかけたりしてしまいます。だからこの物語でも、宝珠を手にしたホモイは罰をうけます。そしてそこに登場するのが父親の兎です。

これは親子の共依存の関係です。つまり親と子供がお互いに依存しあうことで、親子関係の和をはかっているのです。そこには父親に対する屈折した賢治がいます。親の庇護を受けながらも、それに反発し、親の思い通りのいい子になるのを好まないにもかかわらず、それをけどられないように父親の顔色をうかがい、最後に父親を登場させてあたかも父親がいなくてはならない存在に工作している巧妙な自己防衛意識です。

つまり、ホモイは自分の問題を自分で解決してはいけないのです。自立してはいけない、という深層心理があるのです。そこには常に親や世間の目から見張られ、試されている怯えと不安があります。成功禁止令と心理支配する父親への抵抗が、巧妙にホモイの中に仕込まれているように思います。しかし、最後は親の存在を受け入れるように父親兎を登場させています。おそらく賢治は子供のころから、こういう複層的な心理のなかで生きていたのではないでしょうか。

ホモイに対してすこしいじわるなのは、成功して父親を喜ばせたくないシャドウです。それが狐です。良い子の自分を暴く賢治です。それと同時に、ダブルバインドがかかっています。ダブルバインドとは、二重に掛けられた心理的ブレーキのことです。親が口では〇〇していいよと言いながら目は〇〇してはいけないというサインをだし、親の指示と禁止を同時にうけた子供が、どうしたらいいかわからない状態になることです。だから、成功する寸前で積み木を崩す、ということを繰り返してしまいます。

賢治の場合は、「成功しなさい」という親の期待と、「成功しすぎてはいけない、常に自分の手の中にいなさい」という親の心理支配を受けていることです。だから成功することを期待されつつ、一方ではブレーキをかけるという矛盾の中でいつも足踏みをしてしまい、なかなか父親の囲いの中から脱出できないのです。

成功することを全面的に肯定され成功した人間は、とても晴ればれとした気持ちになりますが、ダブルバインドがかかっている人間は、成功してもいつも後ろめたさや危険を感じています。もし賢治にそんな晴ればれとした一瞬があったとすれば、詩を書いたり、自分の書いた物語が、兄弟や子供達に受け入れられたでしょう。なぜならそこには親の介入がないからです。でもそれも一瞬の解放でしかありません。賢治のダブルバインドは、ずーっと意識にはりついています。おそらくこれが賢治を苦しめた原因です。

シャドウのキツネにそそのかされて、ホモイのシャドウも大いに活躍します。シャドウは他者のシャドウに敏感に反応します。キツネのシャドウはホモイのシャドウに働きかけ、ついには取り返しのつかないところまで誘い込みます。しかしホモイのシャドウが被害者かというとそうではありません。気づいていないふりをしている確信犯なのです。

つまり、ホモイは、ほんとうは父親の望む良い子でありたくないから、キツネの言葉に乗ってしまうのです。キツネは言葉巧みに持ちかけて網を仕掛け小鳥を捕まえて食べようとします。さすがのホモイも恐ろしくなり、小鳥を放り出して逃げ帰ってしまいます。そして「貝の火」が曇ってゆきます。

もう自分の心理偽装ができなくなってしまったということではないでしょうか。曇りをホモイも父親も必死で磨きますが、やがて「貝の火」は鉛のようになり、父親兎がそれを打開するために、命がけでキツネとたたかって小鳥たちを救いだします。この危機を二人が共有することで、また共依存にもどるのです。つまり、分離しそうになると、共同の敵を想定し、また現状を維持しようとする心理です。
賢治の父親は、立派な人物だったのだろうと思います。子供がピンチの時は、力を発揮したと思います。反面、単純な感情の持ち主で、もしかしたら、繊細で傷つきやすい人間を理解できなかったかもしれません。だから息子に介入し、心理支配しようとしたのかもしれません。賢治側から言うと、良くも悪くも父親に囲い込まれているのです。それがいちばんあらわれているのが、父親兎の言葉です。

「泣くな。こんなことはどこにもあるものだ。それをよくわかったお前は、一番さいはひなのだ。目はきっと又よくなる。お父さんがよくしてやるから。な。泣くな。」

一見愛情深いように思えますが、「お父さんがよくしてやるから。」という言葉で、ホモイはまた父親の内へと包み込まれてしまうのです。若気の至りで慢心し、失敗や挫折の痛さを思い知らされているにも関わらず、父親との共依存から抜け出られないのです。

「貝の火」は割れ、その粉が目にはいったホモイは失明します。それを見たフクロウが「たった六日だけだったな」と嘲笑って去ってゆきます。

このフクロウは、賢治にある強い自己否定の強迫観念です。善い子の自分から逸脱することを許しません。やっぱりお前（自分）はダメなんだという強迫観念で、善い子の自分から逸脱することを許しません。そこには賢治の未熟な人間観があります。人間は善行（「いい子ちゃん」）だけで成功しようとするには無理があるということを理解していないのです。人間社会の表裏や現実の厳しさを知らないのです。

人間は善悪を越えて生きています。人間は意識と無意識の二重構造であり、表面の意識の裏にある内面に対する洞察と肯定がなされていないと、表面意識だけの片よった認識で生きてしまいます。そして世間や他者の文脈で自分を縛りに縛ってしまいます。だからたとえ成功しても、それは刹那的成功であり、持続的成功にはなりません。

当時の賢治の心理状態がこういう父親との共依存にあったのは間違いないのですが、それでも、どうもそればかりではないという事が、最後の文に見られます。

窓の外では霧が晴れて鈴蘭の葉がきらきら光り、つりがねさうは
「カン、カン、カンカエコカンコカンコカンコカン。」と朝の鐘を高く鳴らしました。

私にはどうもこの文章が、からっと乾きすぎているような気がします。空々しいなあ、という気が、

しないでもないのです。ここに全く違うもう一人の賢治がいるような気がします。

それは、父親との関係で善き息子を生きる自分と、息苦しさを感じている自分、そのふたりの自分を突き離して見ている、客観的な位置にいる賢治です。この賢治は、自分を肯定できている賢治です。だからこそ賢治は自分のシャドウをキツネに託して描けたのです。この位置がとても大事なのです。こういうクールな、冷めた言葉を吐いている賢治は、成功禁止令を解いて自由になれるのです。

花巻農学校時代までは、この覚めた賢治が生きていますが、だんだん失速していきます。羅須地人協会の活動の中で、賢治は厳しい現実に直面します。それまでの表面の良い子の裏で積み上げてきたアイデンティティーが、どんどん壊れていきます。シャドウが敗北していったのです。つまり理想の自分と等身大の自分の距離を埋めることができなかったのです。善い子なんかやってられねー、と居直るか、親から飛び出して親を捨ててしまうか、賢治はそれができず、つまずいたのです。

それは自分の多様性をうしなってしまうと同時に、反抗や抵抗する自分をうしない、ただただ優等生へと収斂するしかないことでもあります。おそらくこの時彼の成功禁止令が完成したのでしょう。共依存からの脱出、親との分離、親との分離によって自覚できる自他の分離、つまり自分と他人との差異を認識し、他人と相互不可侵の距離をとることに失敗した賢治には、自分を聖人化するという心理擬装しかなくなっていったのです。

良い子の自分も、悪い子の自分も、いい人の自分も、嫌な人の自分も、いろいろな自分がいてこそ、人間はたくましく生きていけるのです。そういう心理バランスを取って生き抜いてゆくのです。しかし、賢治は、どんどん自分を善い人間へと一元化させていきました。人間は誰でも現実と直面しては挫折し、その挫折を乗り越えながら熟してゆくものなのです。しかし賢治の場合、あまりにも観念的なため、現実への適応ができませんでした。

「よだかの星」

書き出しから「よだかは、実にみにくい鳥です。」と否定から入っています。いわゆる「キモイ」ということなのでしょう。よだかは本当は鷹ではなく、カワセミやハチドリの仲間ですが、羽が強く風を切って飛ぶ姿が、鷹に似ているところからそうよばれているらしいのです。

しかしその容姿がみにくいために、他の鳥から嫌がられ、鷹にいたっては「鷹」という名前を変えて市蔵という名前にしろ、と迫ります。そしてよだかは自分を嘆くのです。

さらに、羽虫やカブトムシにたいしても、自分に食べられてしまうことに同情し、また自分が鷹に食べられてしまう宿命を嘆いて、いっそ死んでしまいたいと思います。

そして、高く高く星をめざして飛び、星からも拒否されて地面に落下する寸前に、今度は鷹のように一心に空へと舞いあがり、死んで星になるという話です。

感情におぼれてしまう人たちには、自己犠牲的な悲しい話、ということになってしまいますが、命は命を喰らってしか生きられないのであり、賢治はその厳しさから目を背けて、ひたすら憐憫しています。

この童話が書かれたのは一九二一年（大正十年）頃と言われており、当時の賢治は父親からの自立をかけて一月に家出をし、東京の国柱会という過激な日蓮宗の集団に入門しようとしますが断わられ、仕方なくそのまま本郷の印刷所でアルバイトをしていました。

父親からは帰宅するようにという手紙や小切手が送られてくるのですが、それを拒むうちに父親が上京し、親子で六日間の旅行をしますが賢治は譲らず、しかし気持ちは揺らいできて、結局は八月に妹トシの病を知らされ、花巻に戻っていきました。

そのことがどのように影響したかわかりませんが、この「よだかの星」には、たくさんの成功禁止令の要素が含まれています。

まずよだかの容姿についてのコンプレックスです。他人から言われる前に、よだか自身が自分を卑下しています。その深層には、そういう自分が成功なんかしてはいけない、成功なんかしっこない、という否定的な心理があります。これは、兎のホモイの失敗を「やはり、そうだったな」とあざ笑うフクロウの心理です。成功しないことを肯定している自分でもあるのです。

自分を卑下する人の心理には、こういう甘えが潜んでいる場合が多いのです。例え他人や世間が容姿に対して否定的でも、本人がそう思っていなければ、関係ないのですが、よだかの場合はなにしろ甘ったれなのですから、そこに他者がつけいるのです。本人が自己肯定できていない弱さ（甘え）に、他人がつけいるのです。

そのうえ、このよだかは、ええかっこうしいです。命は命を喰らってしか生きられないという厳しさが分からず、身動きができなくなり、救いがないから星になろうという願望をいだきます。そういう自分の感情に溺れている賢治がいるということです。

賢治はよだかを星にして象徴化してしまいました。自分は自分らしく生きたいのに、一方では自分が肯定できず、自分を否定しています。父親から自立したいのに、自分が否定されているために、自分にブレーキをかけていることに気づきません。

つまり、自分は前へ進みたい自分を肯定できず、ダブルバインド状態で、にっちもさっちもいかず、どうしたらいいかわからないのです。こうなると死んで星になるしかありません。

しかし、ここには擬装心理があります。どうして容姿や外見がよくない自分では、いけないのでしょうか。よくなければ生きてはいけないのでしょうか。生きものはすべて、自分の外観を選んで生まれることはできません。命あるものはすべて、生まれ落ちた瞬間から自分を生きてゆくしかありません。いや自分を生きて行くのです!

もう賢治の裏の心理が読めてきたのではないでしょうか。つまり理想的な自己幻想を持っていて、等身大の自分と比較し、受け入れられず嘆いているのです。

彼の深層心理には、誇りだかい自分があり、父親をはじめ周囲の期待にそえない自分の姿をどうしていいかわからずに、殺して星にしてしまったのでしょう。

でもそれも、いうなればきれいごとです。星なんかに逃げて、ありのままの自分を受け入れないことから、賢治の敗北のすべてが始まっているように思います。

成功禁止令を解くには、自分の甘ったれた自己幻想を叩き潰し、ただの人としてゼロ地点に立つことです。賢治の無意識には、自分が周囲の人間より優れているという潜在的な優越感があり、いつも自分を等身大より膨張させ、他者の上に自分を位置づけようとしています。しかし、これはどんな人間でもあることで、等身大の自分に気づくのはとても難しいことです。

等身大の自分に気づいた自分像は、何の問題もなく、自分の才能や知力をそのまま受け入れ、満足します。しかしその人間の自己評価が拡張され本人の思い込みが外的世界、つまり現実世界では通用しないと、その人間はうぬぼれの高さから墜落してしまいます。自己評価が高いのに、他者から思い通りの評価を受け入れられないと、自信が揺らぎ、その人間をおびやかしていくのです。

自分を必要以上に高く評価している人は、それが逆転し、自己否定を強くし、自虐的になってしまいます。

賢治はその自虐的な自分を星にして、また上位に救い上げたとでもいいましょうか。

賢治も自分の才能や能力に対する高い自意識はあるのですが、それをどう生かして結果に結び付けていくかの方法をもっていませんでした。あまりに無防備に世の中と対峙しています。

自分を理想化した賢治が、父からの分離を果たそうとした時、等身大の自分を生きようとするのではなく、父から委託された理想化した自分を生きようとしたところに、賢治が限りなく躓《つまづ》いてゆく原因があります。

「よだかの星」には、「貝の火」や「洞熊学校を卒業した三人」にあった、醒めて自分を見ている文章が一行もありません。第三の覚めた賢治がいないのです。

相当こころのバランスをくずしていたのかもしれません。ただこの後、トシの看病をしながら、とても優れた作品を書きます。父親との分離はうまくいかなかったけれど、トシという理解者が賢治の生命力をささえていたかもしれません。

そして花巻農学校の先生となっての四年余の間が、賢治がいちばん輝いたときでした。心の優しい子供との交流もあったのでしょう。

テロリスト賢治？

賢治というと「雨ニモマケズ」の自己犠牲の人として聖人化されたり、ロマンチストとして単純化されたイメージが流布しています。しかしそういう扱われ方を本人は喜ぶかなあと思います。

なぜ彼が「雨ニモマケズ」を書かなければならなかったのか、そこまで追いつめられるには、なにが起きていたかを理解してあげなければ浮かばれないと思います。

賢治が故郷や両親を捨てて東京に行き、田中智学の主宰する国柱会へと入門しようとしたのには、並々ならぬ思いがあったかもしれません。

国柱会というのは、国粋主義とアジア主義と日蓮をもとにした、極端な社会変革を唱える組織で、松岡正剛さんなどは、もし賢治が入門していたら、テロリストになっていたかもしれないと、書いています。その流れの先には、満州事変のシナリオを書いた石原莞爾もいて、田中智学は、一種の宗教軍事主義と皇道ファシズムを説いていたようです。

賢治が唱えた「農民芸術論」は、島地大等《だいとう》や清沢満之、暁烏敏《あけがらすはや》など、仏教改革者たちの影響をうけており、十五歳の時、大沢温泉の仏教講習会にきた島地大等の講演を聞き感銘し、一緒に写った記念写真もあります（詳しくは松岡止剛著『連塾　方法日本I　神仏たちの秘密』をお読みください）。マルクスの『資本論』も読んでおり、たぎるような志に燃えていたかもしれません。

社会変革や国家思想に燃える若き青年賢治が、東京でいわば門前払いを食らったことは、出鼻をくじかれたようなショックだったでしょう。その不燃焼をどこかで解消していく必要があり、それがのちの運命を乗っ取ってゆきます。

なぜ彼は羅須地人協会を起こし、自らも農民になろうとしたのでしょう。そこで、ほんとうは何をやりたかったのでしょう。それが挫折していった原因、無意識の心理の中に何があったのでしょう。

ボタンを掛け違える？

人間の中にはいろんな人格があって、場面、場面に合わせてその都度、顔をだしてきます。アメリカの心理学者、エリック・バーン博士は、人間に顕われる多様な自我を、ペアレント・アダルト・チャイルドと分類し、ペアレントについても、守り育てるペアレントと指示命令、支配をするペアレントの二種類があり、さらにチャイルドにも、順応して自分を抑圧するチャイルドと自由奔放にわがままなチャイルドの二種類があるとしました。そしてアダルトとは、自分を客観的な位置に置き、外的世界とバランスをとろうとする理性が働く自我です。

賢治の童話にも様々な人格が顔をだします。いずれも賢治の分身です。中でも賢治のチャイルドの自我が生き生きと顔をだしている「セロ弾きのゴーシュ」や「ドングリと山猫」、「風の又三郎」などは、ユーモアがあり面白いのです。またアダルトの自我が、チャイルドの自我とのバランスをちゃんととっている「雪渡り」、「なめとこ山の熊」、「シグナルとシグナレス」、「鹿踊りのはじまり」などは、チャイルドの自我に対してアダルトの目が効いていて、中心に賢治がデンと存在し、客観的に語っています。これらの作品は完成度も高く、そこに流れる詩情や言葉のきらめきが逸品です。

しかしバランスが崩れ、優等生的な要素や、救済メッセージがある時は、アイデンティティーに危機サインが出ている時です。

それは「銀河鉄道の夜」、「グスコーブドリの伝記」などで、ユーモアが消え、ひたすらまじめな物語に一元化され深刻な闇があります。登場人物たちは自己犠牲を払おうとします。物語は偏狭になっ「銀河鉄道の夜」も「グスコーブドリの伝記」も、理念が主人公への圧力となって、暗い影をおとしています。自我がかろうじて立っている状態で、他人のシャドウへの恐怖が心理危機が相当進んでいます。でも誰もそのことに気づかなかったのでしょう。

国柱会での賢治はほとんど孤立状態で、彼は胸の中の思いを誰とも交わすこともなく、また花巻へともどっていきました。

孤独をさらに深めた賢治は、仕方なく、トシという唯一の理解者のもとへと帰っていったのです。しかし花巻農学校の教員になる話が来て、彼は教職につきます。そこで心を注ぎこむ対象を見つけるのですが、そこでも賢治はひとつボタンを掛け違えてしまいます。

ほんとうは自分が救われていた

賢治の不幸は、あまりにも先見的すぎたこと、そして体が弱かったことです。それでも花巻農学校時代は毎年生徒と一緒に岩手山に登っており、丈夫な時もありました。賢治の頭のなかの先見的世界は、当時ほんの一握りの人間以外は、理解できるものがいなかったと思います。彼の言葉の根底には、豊かな科学知識の世界がありました。

彼は二十二歳の時に肋膜炎を発症しており、それは後年結核となって命を奪うことになります。もし彼が健康で更に生き延びたなら、もしかしたら、羅須地人協会の挫折を乗り越えて大驀進がはじまったかもしれませんね。

父親との対立は日常的で、その都度家父長である父にねじ伏せられ、東京へ出奔するも、トシの病気でまた実家へと舞い戻り、その後ぶらぶらしていていたところ花巻農学校の教師の職の話が舞いこみます。

妹シゲによれば、

「……兄は家のしごとをづぐということではなく商売をはじめることもうまくゆかないでいたので、このとき先生になって、家族一同ほっとしました。

農学校は内容はよいとは思われませんでしたし、兄に人を教える力があるかしらと疑問におもったりしました。（略）お父さんは、学校は、桑っコ大学というほどの養蚕を主にした学校としても、唐人〔西洋人〕の寝言のようなものを書くことよりはよいことだと喜んでいるようでした。」

（森荘已池『宮澤賢治の肖像』）


そうして賢治は、花巻農学校という、ちいさな学校の先生になるのですが、先述したようにボタンを掛け違えてしまいました。なにをどう掛け違えてしまったのでしょうか。

それは自分を救済者とする目線が変らなかったことです。そこにはやはり膨張した自己幻想があったのです。

もし賢治が自分を救済者として人々の上位に置かず、ただの詩人として同じ地平に自分を置き、為しとげていったら、成功したかもしれません。或いは自称サイエンティストとして、農業の技術者として歩んでいたら、成し遂げられたかもしれません。いや、きっと成し遂げたと思います。

しかし彼には自分を救済者にしたいという欲求が渦巻いていました。

啓蒙し、ひっぱるリーダーです。しかし理念（思い）はあったかもしれませんが、リーダーとしての器《うつわ》や気質、人間を組織し、導いていく能力をもっていたかというと、おそらくもっていなかったと思います。時に毒も併せのむ、時と場合によっては手段を選ばず遂行していける人間かというと、ほど遠いでしょう。それなのに自分を過大評価して勘違いをしてしまったのです。どうしてでしょうか?

救済者になりたがる人は、ほんとうは自分を救ってもらいたい人です。しかし自分を救うことができない代理行為として、他者を救おうとするのです。自分を投影した他者を救って、自分が満たされるのです。自分の内面の絶望をごまかしているともいえます。

こういう人は深い悲しみやこころの痛みを持っているのですが、本人はそれに気づかずに、自分よりもっと傷ついていそうな人に自分を投影して、救おうとするのです。しかしほんとうに自分を救済したわけではないので、延々とおなじことが繰り返されます。

賢治の場合も、実は悲鳴をあげている自我があるのですが、それを救わず他人ばかり救おうとしてしまいます。


賢治は、父親の無意識のなかでは、自立できない人間としてレッテルが張られているため、いくら彼が努力成長しても、その距離が縮まりません。だから、彼の自我は、小児性をのこしたまま悲鳴をあげています。

彼は教養でいっぱいですが、現実生活を父親に依存しています。自立し、生活を担い、貧困や生活苦と戦っている人間に比べれば、なんと軟弱であることか。つまり世の中での修行がたりません。修行が足りない分、現状認識が甘いのです。

彼はそういう自分の未熟さが、嫌でしょうがなかったのでしょう。だから出来上がったシステムのルーチン的なしごと、貧乏人相手の古着屋や質屋業が嫌でしかたなかったのです。

ではそれに代りうる仕事を立ち上げられたかというと、ただ宙ぶらりんの状態で、それを救出する方法として世直しの宗教団体に入ろうとして、失敗します。

そして、問題には全く気づかないまま、農学校に先生として就職してしまいました。それでも、この仕事は彼の救いだったでしょう。

そこには救済者として心を注ぎこむ対象となる人々や子供たちがたくさんいました。だから、ほんとうは自分が救われていたことには気づかず、救う人として自分を設定してしまいました。

しかしこの花巻農学校の四年四か月こそ、ほんとうに自分の才能を発揮した時だったと思います。

この頃の「イーハトーボ農学校の春」という作品には、農学校の実習である肥溜めから糞尿を桶に汲み、それを担いで麦畑に運んでまき、空の桶をかついで近道を通って帰るという作業を、面白く、楽しく愉快に、メロディーをつけながら書いています。これを読んだらもう嫌な肥溜めはこびも、愉快で楽しい農作業となる、賢治のマジックワールド全開の作品です。

「銀河鉄道の夜」の初稿もこの頃に起こされていますし、童話集『注文の多い料理店』、詩集『春と修羅』をはじめ、数々の美しい詩もうまれています。

このままだったらよかったのに。しかし賢治はこの学校もやめてしまいます。何があったのでしょうか。

花巻農学校の賢治先生

花巻農学校時代賢治の作品は、ほんとうに素晴らしいのです。賢治自身も、一番やりがいのある時だったと回想しています。彼が必要とされ、受け入れられた、貴重な四年間だったと思います。なぜ四年余りで辞めてしまったのか、ほんとうのことはわかりません。ただ「オツベルと象」や「寓話猫の事務所」や「ざしき童子」などを読むと、収奪される労働者や封建的な村の因習に対しての批判が見られます。彼の使命感がまたぞろ頭をもたげてきたかとも思います。五人の同僚がいるだけのちいさな農学校での人間関係も、大変だったのかもしれません。

貧しい農民の子供の窮状を救済するために、自分を役立てたいと思ったかもしれません。自分が受け入れられたからこそ、農民の子を通して、農民を救いたいと思ったのでしょうし、かねてからの自分の思想を実現できると錯覚したのかもしれません。

ただ学校を退職する一年前に、「Misanthropy〔人間嫌い〕が氷のやうにわたしを襲ってゐます」と手紙に書いており、また自己幻想と実像との落差による自己嫌悪に陥っていたのかもしれません。

以下は同僚教師の回想です。

……県下中等校研究会が花巻農学校で開催される。賢治の肥料の授業が公開された。後に同僚となる阿部繁は次のようにいう。「県下の実業学校や、中学校、女学校の先生がたが、四十人近くも花巻農学校に集まりました（略）宮沢先生は硫酸アンモニアの性質、施肥方法などを二年生に授業しておられました。そのころ中等学校、ことに実業学校などでイオン記号などを使う授業などは、どこでもしていなかったものです。宮沢先生はそれをどんどんつかっているのに驚かされました。」

（森荘已池『宮澤賢治の肖像』）


この前衛的、高水準の授業を、生徒たちは理解できたのでしょうか。周囲の同僚や親たちはどう思っていたのでしょうか、果たして生徒らにとって、ほんとうに必要なことだったのでしょうか。

また、独りよがりなことをやってしまってはいなかったのだろうか。土地の人たちから「桑っこ学校」と呼ばれていた、ちいさな学校の生徒たちの学力や理解力に即した授業をやっていたのだろうか。

高い理想をめざす人間は、ともすると他の人間が劣って見えてしまうことがあります。そういう人間は、自分の高みに相手を引きあげることしか頭になく、相手の現状や実像に目がいかず、相手との落差を読み取ることができません。端的にいうと相手（他者）が見えていないのです。

ほんとうはまわりの人間と仲良くしたいのだけれど、どうしても頭でっかちで、他者とは大きく乖離してしまうのです。

あまりにも飛躍して、現実を生きていない人間は、他の人たちに嫌気がさす場合もあり、それが賢治のいうところのミザントロピーかもしれません。

そこで今度は自分が中心の理想的組織を造ろうとして、羅須地人協会をはじめたのかもしれません。せっかく自分が受け入れられているのに、それに気づかず、等身大ではない、肥大化し、背伸びした自分を他者にみせよう、認めさせようとすると、いつまでたっても満たされることができません。それは、ありのままの、未熟な自分でいいよ、という自己承認ができない状態です。賢治は父親との分離、自他の分離ができていないことにその原因があります。

もし賢治が自他の分離ができていたら、ちいさな学校で理想と現実の乖離を埋めながら、本当は何が生徒に必要で、何をしたら生徒を生かせるかを、冷静に観察し分析して、授業を組みたてていったと思います。生徒を生かすことが自分の活力となり、それを一歩一歩積み重ね、熟練した教師として自分を育てられたでしょう。ちょっと厳しい言い方ですが、賢治の授業は、彼のチャイルドが生徒たちと遊んでいただけかもしれませんね。

生徒たちの奥にある、農民の貧しさという深い闇を、浅くしか読み取れなかったことが、羅須地人協会の失敗にもつながっていったように思います。

シャドウとの戦い

花巻農学校をやめて、これからはほんものの農夫（百姓）になる、と羅須《らす》地人協会をたちあげたその矢先に、賢治はシャドウとの戦いのなかに巻き込まれました。

それはおおきく分けると四つのシャドウです。
1　農民のシャドウ
2　民俗宗教をはじめ地域の文化、因習など、周辺社会の閉鎖的シャドウ
3　父親のシャドウ
4　自身の内面に棲むシャドウ
考えただけでも鬱になりそうです。そのシャドウとの戦いをよく持ちこたえ、賢治の透明な心はシャドウに塗り潰されず、やがて「銀河鉄道の夜」に最後の祈りとして昇華されます。

賢治が戦ったシャドウについて、これから書いていきます。

「シャドウ」とは、ユング心理学に出てくる自我状態のひとつで、外面意識に現れる自我は、同じ

大きさの影を内面に形成するというものです。たとえば、外面的に優等生を演じる自我は、内面にその意識と同じ量の、反優等生的な、ネガティヴな自我を潜ませてしまうというものです。

つまり、階級社会や階層社会で支配や抑圧を受けている人間は、表向きは従属的な態度をとっていても、内面には、攻撃的で否定的な自我を潜ませているということです。シャドウは時に人間の感情を乗っ取り、心を操作してしまいます。そうなると理性のブレーキは効きません。

賢治の家は、花巻でも有数の財閥で、たくさんの小作農をかかえ、さらに彼らを質屋と古着屋の客として二重に搾取する、という状況にありましたから、幼児の頃から仏法講和を聴いて育った賢治の青い正義感が、常に内省を促したのも当然ですし、人間関係においても、常に影を落としていたでしょう。

そういう自分の階級を背景に、花巻農学校というパブリシティーに守られていたならいざ知らず、自分は百姓になるのだ、と宣言して別宅に棲みこみ、開墾を始めた賢治は、いわばほんものの、代々小作として収奪され、疲弊していた農民の目にどう映ったでしょうか。


羅須地人協会で賢治と半年間同居していた千葉恭の証言では、

「賢治が各町村の講演に頼まれた時私も腰巾着としてお伴したことがありますが、彼は自分の知っている範囲のことは徹底的に教えてやろうという態度がうかがわれました。しかしそれは知識程度のひくい百姓にとっては架空のことに感じられたようです。」

（「羅須地人協会時代の賢治」）

純粋な気持ちはわかりますが、かといってそれがそのまま相手に受け入れられるとはかぎりません。賢治には相手の現実が見えておらず、一方通行です。自分で肥料計算し、育てた野菜をリヤカーに載せ、無償で配ったところで、農民たちは複雑な思いがあったと思います。

役に立とうとしてやった肥料計算も、成功した農民は餅をついて持ってきましたが、失敗して稲の倒伏《とうふく》がおきたこともあり、その時は針のむしろだったことは、詩「もうはたらくな」にも書かれています。

亡くなる前日、ひとりの農民が肥料相談に来たところ、賢治は病気で寝ていたにもかかわらず、着物に着替え店先の板の間に正座し、約一時間その農民のまわりくどい話を聞き、相談にのったといいます。もちろん、常日頃から折り目正しく正座をして他者の言葉に耳を傾けていたのかもしれませんが、もしかしたら賢治の中に農民への恐れがあったかもしれません。

まだまだ暗い封建社会で、法華経思想や田中智学たちの提唱する社会改革をめざし、団扇《うちわ》太鼓を打ちながらお題目を唱えて歩く賢治の姿は、奇異な行為にとられたとしても仕方がないでしょう。

民間信仰や土俗的な宗教が、そういう行為に対して、羅須地人協会には幽霊がでるとか、毎晩女がくる、とかいう誹謗中傷を生んだりしました。

しかし、賢治がそれらに屈服せず、アイデンティティーを守り、攻撃を許容し、自分を上昇させていくには、自分を菩薩のような高みにおいて、自我を無化させるしかなかったのです。法華経の教えである大乗仏教の衆生救済に逃げ込んだのかもしれません。

もうひとつしっかりと彼を支えていたものがありました。それは科学です。

草野心平への返信で「わたくしは詩人としては自信がありませんが、一個のサイエンティストとして認めていただきたいと思います。」と書いているように、科学者としての矜持《きょうじ》が潰されることなく生きていました。久遠仏《くおんぶつ》があまねくこの宇宙を包括しているという法華経の信仰と科学とを統合した、独特の世界観を持っていたのでしょう。当時流行っていた心霊科学も影響したでしょう。

宇宙からこの世界を見渡す科学者宮澤賢治と、一心に法華経の世界を夢見る求道者の賢治がいました。そういう形で自分の現実を止揚したのでしょう。つづいて、父親のシャドウと賢治のシャドウについて書くことにします。

父のシャドウ、賢治のシャドウ

亡くなる前に、賢治は自分の原稿についてこう語っています。

弟、清六には、

「お前にやるから、これは大事にしてくれ。ぜひとも出したいというのだったら、小さな本屋でもいいから、出させていいよ。話がなかったら、決して無理することはないから、しまっておいてくれ」

一方、父親には、

「あれは、みんな、迷いのあとですから、よいようにして下さい。」

母親には、

「この童話は、ありがたい、ほとけさんの教えを、いっしょけんめいに書いたものだんすじゃ。

だから、いつかは、きっと、みんなで、よろこんで読むようになるんすじゃ」

（以上、森荘已池『宮澤賢治の肖像』）

と言ったそうです。

ここからも、賢治の心に父親が大きく影をおとしているのがわかります。

賢治にとって父親は尊敬する保護者でもありましたが、なにかにつけ行く手にたちはだかる権力者でもありました。

戦前の封建的社会では家長の支配力は絶大でしたから、今では想像もつかないくらい父親は恐ろしく、強かったのです。戦後生まれの私でさえ、父親は一家の長としてすべてを支配していて、怖かったです。

祖父の喜助は、商売に学問などいらないと反対するのを、父親がとりなしてようやく賢治は進学しますが、盛岡中学を卒業して盛岡高等農林学校へ進学しようとすると今度は父親が認めず、賢治は鬱状態になってしまい、それでやっと受験を許可します。

また、賢治の詩や童話を理解せず、訳も分からないものばかり書いて一向に家業を手伝わない賢治に父はいら立っていました。

賢治と父親の葛藤は、そのまま賢治を抑え込もうとする父親のシャドウと、そこから逃れようとする賢治のシャドウの確執だったように思います。

しかし、このシャドウどうしは共依存でもあり、ここがちょっと複雑です。依存を断ち切って自立しない限り、奇妙な補完関係が持続されます。

力の強い者の存在感は、抵抗できないような威圧感を追従する人間にあたえます。だから力の弱い者は自分を防衛するために、むしろ自分からそのふところに入っていきます。迫害者からすると、子分（被害者）がいなくては、迫害者という自分（親分）も成立しないのですから、迫害者も実は被害者に依存しています。その正体は、よわい人間なのです。

賢治も、父親を恐れながらも、父親から離れることができません。迫害者と被害者、お互い補完しあう共依存の中で生きていたのです。

いつも自分の行為を監視され、自分で自分を監視している状態で生きていると、ありのままの自分を裁断するという事が起きます。それは、賢治が何をやっても長続きしないことの原因でもあります。書くことを除いては。

また、子供たち、生徒に対しては、賢治も心をひらき、自分のチャイルドで向き合ったのではないかと思います。

賢治は小説、散文や詩、短歌も書いていますが、圧倒的にすぐれ、またエネルギーを注ぎこんだのが、童話と詩です。そこは、彼のチャイルドが開かれ、活躍する世界でした。

賢治が東京から故郷へ戻ったときも、農学校で働いても、百姓になるのだ、とおこした羅須地人協会が失敗したときも、父親のシャドウが「ほうらみろ、だからいわんこっちゃない」とホモイのフクロウのように出現し、「お前には私がいなくてはだめなんだよ」と威嚇し、賢治は父親のシャドウから離れよう、自立しようともがきながらもその懐から逃れられなかったのです。

父親も賢治も自覚はないまま、閉じられた共依存意識のなかで堂々巡りをしているのです。それは大変な心理的圧迫です。大変だったねえ、賢治さん！

幼児期の賢治の自我が意識として確立する前に、父親によって、徹底的に挫《くじ》かれ、その恐怖が潜在意識にあるのだと思います。

おそらく賢治の潜在意識には、自分が成功すること（自立すること）、父親を超えるようなことをすると、自我に大変な危機になると記憶されたのではないでしょうか。だから自立しようとしては、ブレーキ（成功禁止令）をかけ失敗する、ということを、人生で繰りかえしました。

父親が介入できない自身の文学の世界を確立しながら、生活者としては常に父親に依存せざるを得ない自分を捨てることができませんでした。彼が自立するには、父親との一騎打ちにでて戦い、自分のこころから父親のシャドウを追い払ってしまわなければなりません。

その戦いが賢治にはできませんでした。逃れては（自立しようとしては）戻り、父親という隘路《あいろ》の中をさまよいつづけました。

この隘路を、どういう風に賢治は解決していったのでしょうか。

賢治は「銀河鉄道の夜」に何を託したか

もし今の時代に賢治が生きていたら、たぶん狂喜することでしょう。

銀河鉄道のように、スイッチをポンと押したら光がついて、ポンと押したら消えてしまう、という電気が生活の隅々まで満ちあふれ、銀河鉄道の列車の窓から見せようとした異国や宇宙の映像も、今ではクリックするだけで簡単に見ることができるのですから。

賢治は、人間そのものが現象であり、意識も明滅する現象だと伝えたかったのですが、しかし彼の童話はむしろファンタジーとして感傷的に読まれてしまうほうが多いかもしれません。賢治が柱を立てたからです。賢治はその二本の柱を自分の人生で止揚しようとしたのですが失敗してしまいました。そのひとつは、法華経をもとに人間の幸福を願う世界です。もうひとつは、科学による人間世界の救済です。

この二つを身を持って証明しようと頑張ったのですが、志半ばで夭折してしまいました。しかし、ほんとうに挫折したまま死んでしまったのでしょうか。「銀河鉄道の夜」を読み解きながら、賢治はなぜこの童話を書いたのか、なぜこの童話を書く必要があったのか、そしてこの童話をとおして何を伝えたかったのかを考えてみたいのです。

最初に言ってしまいます。賢治は未来への希望を書きたかったのです。そこに自分を託し、アイデンティティーを打ち立てたかったのです。この作品を書き始めた当初、賢治は、未来に自立をイメージし、さらに展望した未来への希望を書いたのです。だから、カンパネルラ（賢治のアダルト）を失っても、ジョバンニは元気でした。

しかし、賢治は実生活において挫折し、科学をとおしての人間の未来を証明していくことはできませんでした。

頭の中は科学の知識でいっぱいで、伝えたいことは山ほどもあるのに、それを具現化してゆく方法としては、羅須地人協会での啓蒙運動と、知識を教え農民の相談のる、というかたちでしか展開できませんでした。

賢治は懸命に頑張りましたが、それが近代的な宇宙科学、自然科学、土壌科学などによるものだということは、周囲の人間にはほとんど認識されませんでした。

その賢治がもっとも伝えたかったことが「銀河鉄道の夜」に託されており、賢治の使命感もそこにあったのです。だからこそ羅須地人協会の挫折の後も、へこたれなかったのです。

「銀河鉄道の夜」の初稿が書かれたのは、農学校の先生をしていた一九二四年（大正十三年）です。まだまだ賢治は生き生きと輝き、自信があふれています。

賢治は、当時西欧で隆盛していた心霊科学を信じていたふしがあります。人間の魂は死んで宇宙へと昇華していくと考え、銀河宇宙への旅を思いついたのかもしれません。そこから最終稿に至るまでの七年間に、三回も書きなおされています。その異稿三篇を読んでみると、賢治の心の推移がすこしわかる気がします。

なぜ「銀河鉄道の夜」なのかというと、賢治はきっと宇宙とこの世を結ぶ目に見える道、誰でもイメージできる宇宙への道として銀河を想定したのでしょう。宇宙と人間社会を結ぶ、死んだ人間が原子になって宇宙へ帰還する道です。だから冒頭には、宇宙の知識を駆使した、教室での授業の様子が描かれています。ここは賢治の真骨頂で、最初に構想した時の高揚感、宇宙へ行こう、という暗示のような気もします。

この童話を書く一年前にアインシュタインが来日しており、賢治もまた影響をうけたのではないでしょうか。もしかしたら、もう「相対性理論」を学んでいたかもしれません。これは一九二九年（昭和四年）二月に病床にある賢治が書いた詩です。

われやがて死なん
　今日又は明日
あたらしくまたわれとは何かを考へる
われとは畢竟法則（自然的規約）の外の何でもない
　からだや骨や血や肉や

それらは結局さまざまな分子で
幾十種類かの原子の結合
原子は結局真空の一体
外界もまたしかり
われわが身と外界とをしかく感じ
これらの物質諸種に働く
その法則をわれと云ふ
われ死して真空に帰するや
ふたゝびわれと感ずるや
ともにそこにあるのは一の法則（因縁）のみ
その本原の法の名を妙法蓮華経と名づくといへり
そのこと人に菩提の心あるを以て菩薩を信ず
菩薩を信ずることを以て仏を信ず
諸仏無数億而もまた法なり
諸仏の本原の法これ妙法蓮華経なり
帰命妙法蓮華経
生もこれ妙法の生

死もこれ妙法の死
今身より仏身に至るまでよく持ち奉る

おそらく自分の天文学や宇宙物理学の知識をもとに、宇宙の法則のなかにこそ「現象としての人間」を解明する鍵があると考えていたのではないでしょうか。しかし当時人間が宇宙へいくなど考えられませんでしたから、肉体を失った、死んだ人間だけが透明なエネルギー体として宇宙への旅ができると考えたのではないでしょうか。

第二次原稿、第三次原稿の最終場面では、ジョバンニの背後からセロのように聞こえてくる声だったブルカニロ博士が実際に登場し、銀河鉄道の旅は「実験的な試み」だった、と明かします。つまりこの「銀河鉄道の旅」も、賢治が試みた宇宙と人間とを止揚する実験的なメッセージではないかと思います。さらに現象としてのこの世とは、仏教の世界観と一致し、とりわけ、久遠仏が宇宙を包み、すべての衆生を救済する法華経には、賢治の使命感を刺激するものがあったのではないかと思います。

第三次原稿の銀河ステーションの項で、

（ひかりといふものは、ひとつのエネルギーだよ。お菓子や三角標も、みんないろいろに組みあげられたエネルギーが、またいろいろに組み上げられてできてゐる。だから規則さへさうならば、ひかりがお菓子になることもあるのだ、たゞおまへは、いままでそんな規則のところに居な

かっただけだ。ここらはまるで約束がちがふからな）

とセロの声が言います。しかしこの文章は、決定稿ではごっそりとそぎ落とされています。

「まずもろともにかがやく宇宙の微塵《みじん》となりて無方の空にちらばろう」

と「農民芸術概論」に賢治が書いたように、原子化した人間が宇宙へと帰っていく難しい原理を、銀河鉄道の旅で映像的に語ろうとしたのです。宇宙の微塵から進化してきた人間が、やがて原子の世界へと死によって帰ってゆくこと、死と生を繰り返しながら進化していくということを、科学の目で、幻想化して見ていたのではないかと思います。

その進化の先にある社会は、お互いが縛りあい奪いあう社会ではなく、法華経の説く浄土世界、すべての人間が救済され、人間の自由が保障され、ありとあらゆることが、いきとしいけるものすべてが、宇宙意志（久遠仏）のもとに生き響き合う世界なんだ、と言いたかったのではないでしょうか。

しかし現実には、彼の思想や使命感を理解する者はだれもおらず、賢治は人間の執着と欲の世界のなかで、飛ぶことを許されませんでした。この人間の執着と欲に、賢治は抗しきれませんでした。

なぜ希望を感じるのかといえば、第一次原稿から第三次原稿までは、終章にブルカニロ博士が出てくるからです。

「さあ、切符をしっかり持っておいで。お前はもう夢の鉄道の中でなしに本当の世界の火やはげしい波の中を大股《おおまた》にまっすぐ歩いて行かなければいけない。天の川のなかでたった一つのほんとうの切符を決しておまへはなくしてはいけない。」

と言います。そしてジョバンニは、

「僕はきっとまっすぐに進みます。きっとほんとうの幸福を求めます」

と、こたえて現実に戻っていくからです。はじめはわくわくするような宇宙観と希望があったのです。そしてブルカニロ博士という、すべてを知り尽くした知識のひとから、現実世界を大股にまっすぐ歩いていかなければいけない、使命感を持って歩いていきなさい、と希望をたくされているのです。

そして、第一次原稿と第二次原稿ではカンパネルラが列車の中から消えた時も、ジョバンニは泣きません。カンパネルラが消えて一人ぼっちになっても、ジョバンニは、

「さあ、やっぱり僕はたったひとりだ。きっともう行くぞ。ほんとうの幸福が何だかきっとさがしあてるぞ。」

と前へすすもうとします。

当時の賢治は使命感に燃え、羅須地人協会を核にした啓蒙運動をしようとしていました。切符はその使命感をあらわすものではないでしょうか。

しかし、第四次原稿では、ブルカニロ博士の部分はごっそりそぎ落とされ、代わりにカンパネルラの父親との会話が差しこまれています。

また、カンパネルラが列車から消えた時も、

……ジョバンニはまるで鉄砲玉《てっぽうだま》のやうに立ちあがりました。そして誰《たれ》にも聞こえないやうに窓の外へからだを乗り出して力いっぱいはげしく胸をうって叫びそれからもう咽喉《のど》いっぱい泣きだしました。もうそこらへんが一ぺんにまっくらになったやうに思ひました。


と書き換えてあります。

いったいなにがあったのでしょうか。明らかに第四次原稿の賢治は孤独で孤立しています。勿論ほかの異稿にも、一貫して孤独が流れているのですが、でもこの嗚咽《おえつ》は絶望的です。

見落としてならないのは、このぎりぎりまで追いつめられてた絶望感です。

人間が書くものすべてにおいて言えることですが、物語に出てくる人間はその作者の分身です。

ブルカニロ博士はおそらく賢治のハイヤーセルフ（超自我）であり、賢治が理想とした宇宙意志でしょう。法華経の久遠仏かもしれません。同時に内面の危機を客観的に検証し救ってきた理性の自我です。しかし、その自我は削除されてしまいました。

そして、カンパネルラは、超自我まではいかないにしろ、表面意識と内面とのバランスを取るアダルト的役割を司どっていたチャイルドです。カンパネルラは家柄もよく知識にあふれ、学業に優れた級長の賢治です。しかしカンパネルラは死んでしまい、活版印刷所で働く貧しいジョバンニが生き残ります。つまり、一心に純粋であろうとする賢治が生き残ります。

第一章でお話ししたとおり、賢治の中には、奔放で自由なチャイルドの賢治、それに対するシャドウの賢治、その二人を冷静に見ているアダルトの賢治がいて、このトライアングルがちゃんとバランスよく機能しているとき、賢治は生き生きと正直な自分を表現しています。しかし「銀河鉄道の夜」では、優等生でありバランスをとるカンパネルラは死んでしまい、シャドウのザネリのエネルギーも消え、従順で純粋なチャイルド、内省癖の激しいジョバンニがひとり残されてしまいます。ここには奔放で自由なチャイルドの賢治も、全体を醒めて見ている賢治もいません。いるのは心細くひたすら従順なチャイルドのジョバンニのみです。いったい賢治になにがあったのでしょうか。いったいジョバンニとは何なのでしょうか。

ジョバンニはいつもカンパネルラにかばわれている子供です。賢治の表面的な仮面であるカンパネルラとザネリの裏に隠された、最も純粋で脆弱で無防備なインナーチャイルドです。それは表面的な仮面の裏でかろうじて生きていた、彼の怯える自我です。奥でずっと隠れていたのが、次々と仮面が崩壊していく中で、裸のままさらされてしまった、痛々しい本当の姿ではないでしょうか。心理的なバランスを崩したために姿をあらわした、賢治の実像です。そのもっとも弱く、心細い自分をそのままジョバンニに託して描くことができたこの頃から、賢治の中にありのままの自分を生きようとする変容が起きてきたのではないかと思います。

おそらく少しずつ父親との分離が始まり、今までの自分を捨ててしまおうとする試みが、その心の中で起きていたのではないかと思います。それが優等生のカンパネルラの死へと投影されたのではないでしょうか。それまで家や父親とバランスを取っていた関係から脱出して、無私に法華経にいき、法華経を広めることが自分の使命であり、修行者として、苦行者として生きることを覚悟したのではないかと思います。それしか自分の生きる道はない、というところまで追いつめられ、法華経の中へ逃げ込んだのかもしれません。ジョバンニの嗚咽は賢治の嗚咽です。でも、それが自立のはじまりです。羅須地人協会が挫折したときから、賢治の自立が試みられていったと思われます。

それから賢治は、砕石《さいせき》工場の雇われ技師として、ひとりの労働者として自立しようとします。賃金の低い労働者達に交じって働く念願の自分になろうとします。月給百三十円の農学校の先生でもなく、無償の羅須地人協会の主宰者でもなく、たった五十円の月給のために一生懸命に額に汗して働く労働者です。

しかしすでに賢治の身体は病魔におかされてボロボロでした。でもこの変化に希望を持っていました。なぜならずっとかかっていた成功禁止令の解除、父親のシャドウからの脱出となったからです。それを支えたのが、科学の知識と法華経です。

啓蒙家としては無残に敗北したけれど、サイエンティストとして、詩人、童話作家としての賢治は生き残り、父親や無理解な社会（世間）のシャドウの介入を最後まで許さず、自分を守りました。そしてさらに法華経の修行者として精神的に自立するべく、賢治は「銀河鉄道の夜」を書いたのです。いよいよ賢治の自立です。

ちょうどこの頃に、賢治の友人が友達を救おうとして溺死します。これが「銀河鉄道の夜」の結末に影響したかどうかはわかりませんが、第四次原稿（最終稿）で、賢治の分身であるブルカニロ博士が姿を消し、幸せを求めていく言葉を削除したことにより、それぞれのエピソードが幸福という枠をはずされて断片となってしまい、一見ファンタジックな夢の物語になってしまいました。しかしこれはほんとうにファンタジーなのでしょうか？

いいえちがいます。最終稿の最後の章の題は「ジョバンニの切符」となっているでしょう。これは、賢治が苦行者として自分を決定した覚悟の旅です。そこには大きな転換がおきたのです。

「ジョバンニの切符」とは、アルビレオの駅に着いたとき車掌が切りに来る切符のことです。カンパネルラやほかの人はちゃんと切符を持っているのに、ジョバンニには切符がありません。それで一生懸命ポケットを探すと、四つに折ったはがきくらいの緑色の紙がでてきます。それを見て車掌は、

「これは三次空間からお持ちになったのですか」と尋ねて切符をきります。それを見ていた鳥捕りが、

「おや、こいつは大したもんですぜ。こいつはもう、ほんたうの天上へさへ行ける切符だ。天上どこぢゃない、どこでも勝手にあるける通行券です。こいつをお持ちになれぁ、なるほど、こんな不完全な幻想第四次の銀河鉄道なんか、どこまでも行ける筈《はず》でさあ。あなた方大したもんですね。」

と言うのです。

これは修業者として、法華経のメッセンジャーとして自分を自己犠牲の蠍《さそり》とするための切符ではないでしょうか。

それは宇宙にも現実にも通じる自由自在の切符です。四次元をさらに超えて移動できる切符であり、恐ろしい使命と任務の切符でもあります。

この車掌や鳥捕りとのエピソードは、第一次原稿にはありませんが、結末にはブルカニロ博士が出てきて「切符をしっかり持っておいで、そして現実の中をしっかり歩いていきなさい」と言い、ジョバンニは幸福を求めて進むことを誓います。そして丘を走りおり、林の中でポケットをみると金貨が二枚入っており、それをもってお母さんの牛乳を買いに走り出すのです。

第一次原稿ではわくわくする使命感の切符であったからこそ、ジョバンニは金貨をもらいます。

つまり初めからジョバンニの切符には意味があり、それによってさらに幸福を求めるという結末を最初に設定していたのではないかと思います。だから、すべての物語はこの切符に収斂していくはずなのです。いや、はずだったといったほうがいいかもしれませんね。歓びの切符のはずだったのです。
第二次原稿からは、鳥捕りの発言が付け加えられて、切符の価値が告げられます。第三次原稿も同様なエピソードがあり、ブルカニロ博士はこう語ります。

……もしおまへがほんたうに勉強して実験でちゃんとほんたうの考とうその考とを分けてしまへばその実験の方法さへきまればもう信仰も化学と同じやうになる。……

ここで気になるのが、「その実験の方法さへきまればもう信仰も化学と同じようになる。」ということです。実験方法さえ見つかれば、化学の世界と信仰の世界が統合できると賢治は考えていたのです。なぜなら、この世のことはすべて幻想という現象であり、物質世界と精神世界は、宇宙の微塵に戻るという統合をイメージしていたのではないかと思います。本当の考えと嘘の考えとは、思いこみの考えと、実験で実証された考えということでしょう。
ここでは、既成観念や固定観念を科学的に実験し実証し普遍化していくことを、ジョバンニはブルカニロ博士から託されます。賢治は、わくわくとしていたかもしれません。科学を駆使して真実を追求しよう、宇宙を明らかにしていくことの先に人間の幸せが見えてくる、と。

しかし、第四次原稿では切符の意味や価値がごっそりと削除されています。「ジョバンニの切符」の章の最初にちょっと語られただけなのに、なぜか章の題名は「ジョバンニの切符」です。どうしてなのでしょう。

晩年の賢治は、父親にも世間にも全面降伏した敗者にしか見えません。友人が人を救うために死んだことの衝撃で、さらに自己検閲《けんえつ》が生じたのかもしれません。現実の重さを感じて、軽々しく宇宙や希望や幸福を語れなくなったのかもしれません。

だからといって後退かというと、そうではありません。むしろ語らずとも確信していたからこそ、「ジョバンニの切符」という章題を書き換えなかったのではないでしょうか。任務を最後まで自分に課したのではないでしょうか。賢治は、この童話で「人間の永遠の希望」を伝えたかったのだと思います。それは誰も知らない、賢治だけが胸に秘めた永遠の希望です。

「雨ニモマケズ」のそのあとに

有名な「雨ニモマケズ」については、哲学者谷川徹三をして「その精神のたかさに於いてこれに比べ得る詩をしらない」と言わしめたように、求道者の崇高な詩という評価がある反面、「羅須地人協会からの全面的退却であり理想主義の完全な敗北の詩である」という詩人中村稔のような評価もあります。私自身は、雨にも負けて風にも負けて、そういう自分をふるい立たせるために書いた、自己暗示の言葉だとおもっていました。

一方、絶筆の句、

方十里　稗貫のみかも
稲熟れて　み祭り三日
　そらはれわたる

病《いたつき》ゆゑにもくちん

いのちなり
みのりに
棄てば
うれしからまし
には、人生で為すべきことをやりきって天を見上げている賢治がいるようにも思います。また、それもいいじゃないか、という、晴ればれとした賢治もいます。
この二つの句と、「雨ニモマケズ」の詩とが、対を為しているように思えてなりません。そして「雨ニモマケズ」は、賢治の自己解放をめざすメモじゃないかと思い始めています。
羅須地人協会時代の苦しみともがきのなかで、彼の心が開いてゆき、求道的に自分を追い詰め、最後に辿りついたのが、「雨ニモマケズ」の一番最後のことば、

ミンナニデクノボートヨバレ
ホメラレモセズ
クニモサレズ
サウイフモノニ

ワタシハナリタイ

のだと思います。

これは、そういう者になりたいという求道者の姿でもありますが、一方で、いろんなことがあったけれど、もうどうでもいい、という賢治の本心でもあるように思います。どうでもいい、というのは、自暴自棄からではなく、すべてから解放されたいということばのように思うのです。つまり、成功などどうでもいい、という、成功禁止令の解除です。仏教の「諦」の境地に至ったということです。

「諦」とはあきらめるということではなく、己の限界を知り、ありのままで生きるという悟りの境地です。実際、砕石工場の技師として自立し、働いてやり直すつもりでいたのです。しかし、体も心もボロボロで力が尽きてしまいました。病床でまた実家の世話になっている状態で、何もかもが行き詰まってしまいます。この窮地から脱出したい一方で、力尽きて、自分の想念からも理想からも解放されたいという思いが芽生えていたのではないかと思います。

もしかしたら「雨ニモマケズ」を書いて、自分を総括しながら、次への道を模索していたのではないでしょうか。ほんとうに行き着きたい自分、辿りつきたい境地を探り、「デクノボー」というまったく生産性のないただの人まで突き進んだのだと思います。

つまりデクノボウとは、自分の生き方や、理念に対し厳しく総括を繰りかえした結果、自分の全面敗北と引き換えに手に入れた自己解放ではないか、と思うのです。

自分がおかれている状況（実家の世話になっている）から、表面意識はまだまだ啓蒙、自己犠牲、求道のプロテクターを擬装しなくてならず、「東ニ病氣ノコドモ　アレバ」云々と今までの自己犠牲的な自分をスライドさせながらも、「ヒデリノトキハ　ナミダヲナガシ　サムサノナツハ　オロオロアルキ」と、以前なら知識と力量で立ち向かったが、ほんとうは自然の脅威の前に立ちすくむしかない、心細い賢治がいます。

現実の厳しさにオロオロと動揺して怯え、力を使い果たし、神経も疲れ果て、もう誰からもほっておかれたい、見捨てられてデクノボーとよばれたたらどんなに楽かという本心が、少しずつ、表面意識に上昇してきたのかも知れません。

一切、他人の介入がなく、「クニモサレナイ」ただのボケ、自分だけの自分になりたいなあと、賢治は病床でひそかにメモったのではないかなと思うのです。

これは悟り、無心の境地であり、自他の分離が完成し、成功禁止令の呪縛からも解きはなたれた、一個の正直な清々しい自分を取り戻したことであり、大変良いことなのです。

自分と他人は全くのべつものであるというはっきりした自覚と感覚を手に入れるには、何度も社会の壁にぶち当たり、挫折をするという、自我の「死と再生」が必要です。自我の「死と再生」とは、親の心理支配下に拘束をうけている自我、幼児時代や子供時代に築き上げた自我が、親から独立し、親以外の人間の世界に立ち向かい、現実の厳しさの中で全否定された後に生まれてくる自我です。自身の実感と価値観に基づいた新しい自我の登場です。自分自身の「新生自我」を再構築していく事です。

賢治は、デクノボーになって、やっと親の心理支配から抜け出たということです。新生自我は自分の等身大のこころにそった自分です。親や他者、外界の圧力から解放された瑞々《みずみず》しい自我です。一人で生きていこうとするジョバンニです。

自分にもともとあった感性に基づいて、すべてを自己決定し、自分を育てていくことです。

そこには、世間や社会や親など、外界から委託や期待をうけて背伸びすることもなく、他者のシャドウにおびえて委縮することもない、スタスタと自分に正直に生きてゆく、ほんとうに覚醒した自我の生き方があります。

聡明な賢治は、父親のシャドウとそれに抗すべく立ち上げた自分のシャドウとの戦いのなかで、その不毛さにやっと気づいたのではないかと思います。

でも、ほんとうは徒労でも不毛でもなかったのですよ（これについては次章に書きます）。もう戦いから撤退していい、つまりありのままの自分でいい、という自己肯定ができたのです。やっと自分の限界に気づいたのでしょう。

気づいたこと、この敗北宣言があってこそ、人間は自分を客観的にみることができるようになります。親や他者の目で見るのではなく。解放された窓から、自分の内面から外面まで、すべてが見えてきます。

そうして、過去の自分の姿と今の自分の姿を、パノラマのようによーく眺めた時、すべてがここに辿りつくために必要な道程であったことが理解できます。自分の人生に整合性を見つけるのです。盲目のようにさまよったけれど、それも宿命であり、自分なりに懸命に歩きつくしたんだ、そういう境地に入ってゆく始まりが、あの「雨ニモマケズ」のメモであったのではないかと思います。

だからこそ死の直前、自分を成し遂げた達成感が、あの晴れ晴れとした辞世の句になったのだと思います。

方十里　稗貫のみかも
稲熟れて　み祭り三日
　そらはれわたる

彼のこころはもう、一面に晴れ渡ったのだと思います。

呪縛をといて、成功禁止令は最後に成功へ、みごとな生き方へと転換されました。素晴らしいね、賢治さん。

銀河の果てまで

賢治がはまってしまった落とし穴に同様にはまることなく、それをどう克服していくかを考えることこそ、賢治から私たちに渡されたバトンなのです。

賢治が生きた時代に比べれば、現代はまったく自由で開放されています。しかし一方、自分の心も開放されているでしょうか。解放してごらんなさい！　開放してごらんよ！

賢治は素晴らしいことばを私たちにくれました――「デクノボーニナリタイ」と。デクノボーは、ネガティヴな感情から解放された自分です。他者の目で自分を見るのではなく、自分の目で見、未来への希望を持った自分です。

いたずらに自分を救済者の位置に置かないことです。認められよう、ほめられようとしないことです。他者から疎《うとま》れている、嫌われているなどと思わないことです。自分を被害者の位置におかないことです！　そういうものを全部とっぱらって、せいせいと、ひたすら自分のために生きてごらんなさい！　デクノボーでも、アホでもいい。そういう風に、自分らしく生きることほど、世の中や人のために生きているということなのです。自分をいかすことなのです。

生きてゆくことは重く大変です、でもすべては自分の中にあります。その自分をどう生かすかです。それを深く考えることです。

私自身、大好きな賢治の言葉をいつもかたわらに頑張って生きてこれました。ほんとうに賢治に感謝です。

全身であがき、もがき、生きぬいた賢治の姿を星のようにながめながら、銀河のはてに原子となって帰るその日まで、私も生きぬきます。

「妄言　多謝」

賢治が亡くなる前年、かなり病気が進んでいる時に、盛岡中学の先輩であり、自称行者の中舘武衛門という人から、病気の原因の「神託」があったという手紙がきました。それに反論する返信を賢治は書いています。

言葉は丁寧ですが、相手の宗教を「青森県より宮城県にかけて憑霊現象に属すると思われる新迷信宗教」だろうと反撃し、病気の原因は父母に弓を引いたためだ、と言われたことにも、それでも健康を取り戻せば、父母の赦しのもとに、家を離れたいと思っている、とはねのけています。

手紙には、噂のあった高瀬露という女性のことも書いてあったらしく、それについては「始終普通の訪客として遇したるのみ」と書き、相手に対し「聞き込みたることありの俗語を為したる」と言い放ち、その言葉は下賤《げせん》な「岡っ引きの用ふる言葉に御座候」としています。さらに最後は「妄言　多謝」と、くくっています。つまりたくさんのでたらめを、ありがとよ、ってところでしょうか。

賢治の周囲はまだまだこういう民間信仰、因習や迷信だらけだったでしょう。

浄土真宗と土地の地霊信仰が結びついた「隠念仏・隈《くま》」というものもあり、その信者から噂を流された賢治は、「憎むべき隈」と書いてもいます。

人間は気弱になっていたりなにかに依存していると、そういうオバケがすーっと心の中に入り込んできます。

断っておきますが、不安であるとか、寂しい、孤独である、というのは、とても健全な感情です。そういうことが感じられなくなった時のほうが、実は、危険なのです。寂しいという感情も、孤独だという感情も、解決しなさい、というSOSのメッセージですから、解決していけばいいのです。

人間が生きることの根源には、不安があるものです。もともとそういうものなのです。

第三章　賢治雑感

マチガイない

最近とみに実感するのは、苦労はとても自分をステキにするということです。行く手におこるさまざまな障害を避けず、畏《おそ》れず、何とか越えて行くと、知らないうちに自分が強くなっていることに気づきます。そして事が成就していくのと比例して、自信がついてくるのです。

賢治の詩に、同じ日付で書かれた二つの作品があります。両方とも、八月の嵐の中、稲が倒れるのを食い止めようと奔走する賢治の姿が描かれています。

一つは絶望的な状況に敗北する詩で、「もうはたらくな」という題がついています。もう一つは嵐も厭《いと》わぬ必死の作業の末、倒れそうな稲が再び起き上がり歓喜する、というもので、「和風は河谷いっぱいに吹く」という詩です。

本当は、絶望的な状況だったようですが、この「和風は河谷いっぱいに吹く」という詩を読むと、なんだかベートーベンのシンフォニーを聴いているような気がします。

最初は、倒れた稲が起き上がるという部分はなく、そこは後から書き加えたようですが、なんだかベートーベンの、苦難や絶望が最終章で歓喜に変わっていく曲に似ていて、彼の音楽を聴きながら触発されたのではと、勝手に想像しています。

結局賢治は敗北しましたが、いつも苦労に立ち向かったからこそ、彼の詩や童話に奥行きが生まれたのだと思います。苦労は買ってでもしろ、とは言わないまでも、苦労して得た真理は、やがて自分の輝きになることはマチガイないでしょう。

インドラの網

私の両親はそれなりに愛情を注いでくれた反面、強烈なエゴや不安、恐れをバトンしました。様々な苦しみの原因となるバトンを発見した私は、そこから脱出するため、自立を図りました。しかし身体に刷り込まれてしまった不安や恐れは、両親と会うたびに再現され、彼らを敬遠することとなりました。そして両親は、なぜ敬遠されるのか理解できないまま、この世をさりました。

見田宗介の『宮沢賢治――存在の祭りの中へ』を読み、なぜ私が脳科学や宇宙物理学や心理学というえらく難しいところまで行ってしまうのかが解けました。私には、自我の意識と、それがもたらすドロドロとした感情や欲望を、どうしても乗り越えたい、という思いがあるのです。私は自分の脳に刷りこまれた負の遺産を、なんとか解決したいのです。宗教やオカルトや占いなど、魂を神秘化し、それを武器にして「心理支配」するものから脱却したいという思いがあるのです。ああ、賢治が展開しようとした宇宙というのは、この自我にまとわりついたものが解体されることを目指したものなのだな、と思いました。

「わたくし」という意識はまさしく、せわしく明滅する有機交流電燈であり、現象であり、分解された意識は原子として宇宙に散らばってゆくのです。それは空いちめんにはられたインドラの網の結び目にある「珠《たま》」のように昇華されるのです。インドラとは、仏教の「帝釈天《たいしゃくてん》」のことです。

当時の先端科学を会得していたにもかかわらず、賢治は魂とか霊を信じていたようです。当時は脳科学もありませんから、まだまだ人間の意識やこころの不思議を解明できなくても当然です。

焼き場で分解され、生きているときの意識や葛藤も、綺麗で美しい原子として宇宙に帰っていくのだ、そう思うと父も母も成仏して親不幸の私を許してくれていると思います。ほっとしました。

賢治と漱石

日本に鉄道が引かれたとき、そこに今まで全く予期しなかった文化と文明が始まりました。自分が住む半径何キロかをはるかにこえて世界が広がり、遠距離を結ぶだけではなく、時間と空間の可能性が広がりました。科学の進歩が、とてつもない夢に賢治を引きこみました。

賢治の知性は、一挙に宇宙、銀河への旅まで夢を広げ、彼を呑み込みました。そして賢治の機関車は、銀河というおおきなフィールドを走り出しました。

彼の意識は、とてつもない幻想へワクワクしながら驀進して行ったにちがいありません。夢見る賢治を思うと、こちらまで胸が躍ります。一方、詩人には、現実という足かせがついていました。飛翔を許されなかった賢治の分身ジョバンニは、最後に汽車から降りて地上に帰って来ます。賢治自身も、鉄道に乗って東京へ向かい、自己実現をはかりますが、挫折し、妹トシの病のために花巻に戻ってきます。

そして、故郷の人間関係の確執の中で、夢をあきらめ、力尽きてしまいました。本当は時代の先頭をまっしぐらに走っていたのに。頭の中に広がる世界と、現実との落差の中で、誰にも理解されないまま、卓越した一人の詩人が敗北していったのは、本当に惜しい気がします。

思い出すのが、夏目漱石の小説『行人』の主人公の兄一郎の言葉です。


「人間の不安は科学の発展から来る。進んで止《と》まる事を知らない科学は、かつて我々に止まる事を許して呉れた事がない。徒歩から俥《くるま》、俥から馬車、馬車から汽車、汽車から自動車、それから航空船、それから飛行機と、何処まで行っても休ませて呉れない。何処まで伴れて行かれるか分からない。実に恐ろしい。」


時代背景のちがいもありますが、科学の進歩に対して賢治と漱石はこれほど大きく違っています。二人の前衛がみつめていたのは、一気に近代化していく日本の将来です。

賢治はそこに躍動する未来と夢をかさね、漱石は文明によって壊れていく人間をみています。岩手の田舎にいた賢治にとって、科学は自分の夢のフィールドで、文化、文明の最先端が集まる東京は、夢を実現できる未来都市に思えたでしょう。しかし現実の東京では、彼のトランクの中の作品は、ひとつも受け入れられませんでした。一方、東京に生まれ、帝国大学に学び、現実に冷めていた漱石は、英国留学で触れた西洋の文化、文明に対しても、かなり懐疑的な目をむけています。科学の奥に病む人間の本性と本質へ、懐疑の目をむけています。

かたや賢治は、北上川の西岸をイギリス海岸と命名し、そこに古代から現在を貫いて未来へと時空を超える夢をみて、科学者として素直な幻想を広げています。

この二人の延長に今があり、自分がいることを考えると、科学の進歩により人間の夢や可能性は果てしなく広がるとともに、人間の何かが壊れていくということも否定できません。

漱石は神経を病み、胃潰瘍になって五十歳で亡くなりましたが、賢治もまたボロボロに傷ついて、三十七歳で亡くなりました。

そのふたりが格闘した、人間とはなんでしょう。社会とはなんでしょう。彼らの時代より私たちは進化しているのでしょうか。私たちは絶えずそう問いかけられています。

私自身は、賢治のように未来にむかってワクワクしたいのですが……。

神秘と「インドラの網」

神秘について不思議にフラッシュバックする言葉があります。それは「インドラの網」という、賢治の童話の題名です。

インドラとは　勇猛果敢な古代インドの神で、仏法の守り神として仏教に取り入れられました。あのフーテンの寅さんがお参りする「帝釈天」のことです。

この神は世界の中心の山「須弥山《しゅみせん》」に住んでおり、宮殿の周りにはインドラの網とよばれる網が張られています。その網の結び目には美しい宝石が縫いこまれており、宝石はお互いに映りあい、またその映りあった姿が他の宝石に映りあうという、まるで鏡の中のように無限に続く世界があります。

ここには、すべてのものは関係しあい、お互いがお互いを映しあい、相似も相違も違和も混乱も、森羅万象すべてが必然である、という世界観があります。

私はこの宇宙観が大好きです。いきとしいけるものがすべて関連しあいながら世界が進行し、結び目の宝石がお互いを映し出し、映し出され、なくてはならない関係にあります。

すべてが関係しているということは、否定ではなく、互いの存在の全肯定の上にこそ成り立っているのです。人の精神は、自分を他人に投影します。他人に自分を映しだす、鏡の世界です。こころは人だけでなく、すべてのものに投影されます。インドラの網のように。

そして、インドラの網の結び目には宝石（珠玉）があります。それは一個の宝石として完結しながら、その輝きに他が映し出されているのです。

「水仙月の四日」

今朝はよく寝たせいか、目が覚めきる寸前にあの素敵な言葉を思いだし、ゆるやかにこころがほどけていきました。

「カシオピイア、
もう水仙《すゐせん》の花が咲き出すぞ
おまへのガラスの水車《みづぐるま》
きつきとまはせ。」
（中略）
「アンドロメダ、
あぜみの花がもう咲くぞ、
おまへのラムプのアルコホル、
しゆうしゆうと噴かせ。」

そうです、賢治の童話「水仙月の四日」の一節です。ああ、とうとう水仙月になったか……。私が勝手に二月をそう決めただけで、賢治はそれがいつだとは書いていませんが、この言葉を思い出すだけで、一面の雪景色が見えてきます。吹雪を起こす雪婆《ゆきば》んごと雪童子《ゆきわらす》の鞭が鳴り、雪狼《ゆきおいの》が空を駆け巡り、群青色の空から真っ白な雪が落ちてきて、あっという間に雪一色の世界が広がります。

その世界でしばし休息し、昨日までの現実で散らばった自分のかけらをとりもどしていきます。


仕事を為し終えた雪婆んごと雪童子、雪狼が去ると、

野はらも丘もほつとしたやうになつて、雪は青じろくひかりました。空もいつかすつかり霽《は》れて、桔梗《ききやう》いろの天球には、いちめんの星座がまたたきました。

〈中略〉

ギラギラのお日さまがお登りになりました。今朝は青味がかつて一そう立派です。日光は桃いろいつぱいに流れました。……


さて、今日も生きる現場に向かうとするか。

賢治の現実

亡くなる年に賢治が農学校の教え子、柳沢昌悦《しょうえつ》に宛てて書いた手紙があります。そこには、自分は空想的なことばかりしてきたが、現実はあまりに遠い世界だった、ということが書いてあります。では、現実っていったいなんでしょうか。

現実とは、人間が造る仮想世界だと思います。

人間はそれぞれ脳内で世界を感知し、意識化します。極端に言えば百人いたら百の現実があり、それぞれがそのイメージにそって生きているわけです。その中でなんとなく掟をつくり、法をつくり、お互いの利益のバランスをはかりながら生きています。

現代はテレビをはじめとするメディアの力が強く、あたかもそこに共同世界があるような錯覚を起こしてしまいます。好むと好まざるとにかかわらず、メディアが日常的に介入し、ある意味、マインドコントロールを日常的に受けています。

だから現実をしっかり見据えないと、どんどん自分が取り込まれ、消費されてしまいます。

賢治の現実として、未知の可能性を実感し、夢や理想を膨らませた世界があります。それは賢治にとっては、手が届きそうなほど近い世界でしたが、多くの日本人にとっては、根拠のない、空想的な世界でした。そして彼は宇宙や科学とはかけはなれた、農民の現実世界とのギャップを実感できませんでした。

農民たちの貧しさを憂い、自分の力を貸そうという救済意識はあっても、それはあくまでも賢治側から見た風景でした。

自分の窓から覗いた風景と他者の窓から覗いた風景とは、天と地ほどの開きがあることを実感できませんでした。だからうかうかと別の人間のフィールドへと入っていきました。そこからこの詩人の墜落が始まったと思います。

私たちは、自分の現実と自分以外の人間の現実を混同してしまいがちです。この世界は、そういう混乱と錯覚の上に成り立っています。

情報がどんどん開かれ、シャワーのように浴びせられる時代です。山のような情報を受けて集団幻想のなかで生きてゆくか、自分独自の道をゆくか。嵐のような情報の中から必要なものを見分けるには、よほどしっかりしてないと無理でしょう。現実をしっかり見極めて、現実をどう創造していくかを考えないと、賢治と同じ轍を踏んでしまうかもしれません。

自分の世界とは、自分の現実と自分以外の人々の現実をどうしていくかです。私自身も考え中です。賢治は、この現代社会に大きなことづてをくれました。それをしっかり受け取らねばとおもいます。

原子力を思想化する

賢治は詩や童話の中に科学の知識を駆使して描いた未来図や自分の思想をたくさん織り込んでいて、きっと自身も気持ちを高ぶらせ、わくわくしながら書いたと思います。

賢治がなぜキリスト教ではなく仏教に傾いていったのかというと、仏教の本質が「現象論」だからだと思います。つまり科学的なのですね。

まだまだ社会は貧しく、高い水準の科学知識がある賢治には、理想の社会の青写真があって、それを広く知らしめたい、社会を救済したいと、本気で考えていたと思います。

さて、それから百年ちかく経た現代、私たちは原子力を持てあましています。それは科学をどういう風に人間の生き方に位置づけていくか、という思想や哲学が貧困だからだと思います。

賢治なら、原子力を人間が生きるための思想の中で位置づけ、哲学的に考察したことでしょう。

原子力を経済や政治のレベルでのみとらえるのは、無理だと思います。そこには、原子力の破壊的エネルギーを人間が使いこなせる、という傲慢な思い込みがあるように思います。利害を超えたところに位置づけないと無理だと思います。

それには、人間の未来に向けて科学をどのように位置づけ、利用していくのか、という壮大なビジョンが必要です。現代には、科学を総括したうえで人類全体を考える思想家が必要です。資本主義をこえるビジョンをださないとだめかもしれません。

オゾン層に囲まれる前の地球に戻っていくのかなと思ったりもしています。

私たちはどこへ行こうとしているのか。そして今なにを為さなければならないのか。知恵を総動員して思想化していく必要を感じます。

ほんとうに無力な自分をひしひしと感じますが、それでも考えなくてはなりません。

拝啓　宮澤賢治さま

早池峰山《はやちねさん》がみえる小さな山の草原に行きました。
そこは賢治が残した言葉「きれいな青空と／すきとおった風ばかり」の通りの風景でした。私はそのとき種山が原を思い出しました。近くの牧場には、馬が数頭、親子で草を食んでいました。

拝啓　宮澤賢治さま

方十里　稗貫のみかも
稲熟れて　み祭り三日
そらはれわたる
賢治絶筆

奇しくも明後日九月二十一日は貴方の命日です。今回花巻と遠野を旅して、貴方がどんなにこの地を愛していたかがわかりました。

あと数時間で命の火が消えようという時も、貴方は、律儀に正座して、農民の肥料相談にのっていました。その律儀で正直な貴方のように、花巻も遠野の風景も真黄色に熟れた稲の田んぼが整然と美しく、あたかも貴方の思惟する世界を映し出したかのようでした。

ああ、ここからあの数々の宝石の言葉が生まれ、ビロードの布に包まれた童話が風に乗って降り注いできたのですね。

波打ちうねるイギリス海岸の濁った水も、透き通った溜まりも、およそ都会とは違う屈折率で光り、サルビアもコスモスもカンナも草原に咲く野の花も、貴方の掌《てのひら》からこぼれおちて可憐で美しいです。

山はキラッとひかり、広々とした田んぼや畑の後ろには、稜線が影をなす山々が控えていました。

早池峰山を見るために登った山の草原には、ほんとうに、ほんとうに透き通った風が吹いていて、私の大好きな詩そのものでした。


「高原」

海だべがど　おら　おもたれば
やつぱり光る山だたぢやい
ホウ

髪毛《かみけ》　風吹けば
鹿《しし》踊りだぢゃい

私にも言葉が天から降りてきそうでした。でも山から下りて来た時、なぜ貴方にとってそこが苦界になったかがわかるような気がしました。

貴方は翼をもった風の又三郎、山の上から、樹のてっぺんの枝の上から地上を見て風を起こす少年、それだけで許されたのに、あの水仙月の雪童子《ゆきわらし》そのもので十分なのに、ジョバンニのように銀河鉄道から降りてこの下界に帰って来てしまいました。

汽車の座席からカンパネルラが消えたとき、ジョバンニが誰にも聞こえないように窓から顔を出して力いっぱい激しく胸をうって叫んで泣いたように、もう、そこいらがいっぺんでまっくらになってしまったのに、でも地上に降りてきたのですね。

どんなに心細く不安だったことでしょう。だれが貴方の言葉を理解できたでしょう。ああ残念です。私なら、その輝く才能だけで十分です、どうぞ天上で、天空で思いっきり子供のように飛び回っていてください、と旗をふったのに。

翼をもがれ、農民になるべく自分に苦行を課して、貴方はとうとう力尽きてしまったのですね。胸が痛みます。いつも貴方はそうでしたね。空を駆け巡り、宝石のことばをばら撒いて、ほんとうに生き生きしていた自分を、いつもどこかで罪悪にして頭を垂れてしまうのです。

のびのびと羽ばたく一方で自分を罰し、どんなに神経をすり減らしながら生きていたのだろうと思います。そこから私たちは解放されなければなりません。

貴方は、どれほどステキな人であったことか。たったひとつでも自分のステキなところをみつけたら、残りがどれほど愚かでも無能でも許そうではありませんか。そんなまなざしをむけられる社会をつくらないといけませんね。

第四章　宮澤賢治に愛をこめて

賢治は、あまりにも若く、三十七歳という年齢でこの世を去りました。賢治は賢治でせいいっぱいに生きましたが、人間の実相を理解するには、あまりにも若すぎました。私はもうすぐ七十歳になります。それでもやっと人間のことがいくらかわかってきたかな、というぐらいです。賢治にわからなかったのは無理もないことだと思います。


どんな人間も、自分で生きる力を持って生まれてきます。

問われるのは、その人間が自分を大切にし、自分を信じ、自立し、自分を生かして生きられるかどうかです。自分の人生を完成させるのは、自分しかありません。そうして人間は少しずつ前へ進んできました。すべての人間が歴史の主役であり、それぞれが相互に関係しあい文明がおこり文化がつくられます。やがて機が熟し、一気に時代が開花します。新しい時代が台頭するのです。だから、賢治が望んだ人々が平等、公平となった社会も、文化や文明が次第に熟し、次の世代へバトンされ、大きな時間の流れに託されているのでしょうが、それを彼は理解できませんでした。社会を変えたいと望み、生命のダイナミズムを信じず、自分ひとりで力んでしまいました。

賢治が心酔した法華経の世界観も、人間が創りだした世界のビジョンです。人間がつくりだした虚構の世界です。釈迦は苦からの解放、物事の中道ということを説き、極端な修行を良しとしませんでした。その原始仏教をさらに拡大したのが法華経です。そこには宇宙を包み込む久遠仏《くおんぶつ》や、仏陀《ぶった》や菩薩が登場し、いつも人間を救ってくれます。法華経も人間の希望をこめて描かれた未来ビジョンだったのです。

賢治が生きていた頃の農村の貧しさや、農作業の重労働、重い小作料や階級的な人間差別などは現代社会では、解決されています。賢治が現代社会を見たら、きっとびっくりするでしょう。

残念ながら賢治は、可視的、表層的にしか農村や農民を理解できず、その根源にある生きる力を見抜くことができませんでした。

つまり、人間の精神と生命力の強さに、目がいきませんでした。

だから、自分が助けようとした人間のほうが、はるかにたくましく生きているということがみえませんでした。彼が頭でっかちな、観念的な人間観や社会観からぬけでることができなかったからです。現実に直面する機会をあたえられなかったとも言えます。

逆に、農民の子として生まれたなら、おそろしく現実的に改革を為し得たかもしれません。挫折にこそ、実は彼のリアリティがあったのですが。さらに、妹トシの「自省録」は、若い世間知らずの乙女が書いた、純粋な内省と謙遜に満ちており、「凡ての人々に平等な無私な愛をもちたい」という記述が延々と書かれています。やはり観念的です。こんな風に自分を観念でぐるぐる巻きにしてしまったトシさんの命からどんどんエネルギーが奪われ、早逝してしまったのは、無理もない事と思います。

賢治もかなりのメサイア症候群的強迫観念を持っており、それがあたまの中で先走り、現実に直面することを妨げていました。現実をそのまま冷徹に見ず人間の矛盾や汚さを見抜く前に、感情的に憐れみ、法華経へ短絡的にむかってしまいました。

賢治をそうさせてしまったのは、彼の未熟さと目の位置です。それはよくも悪くも高いところにありました。法華経の空中に浮かぶ仏陀や菩薩たちの目のようにも思います。

賢治はそこに自分をおいてしまいました。それでも俯瞰《ふかん》的に世の中や人間を書いている作品は、とても完成度が高いです。たとえば、「風の又三郎」や「水仙月の四月」、大好きな「鹿踊りのはじまり」もそうです。「いちょうの実」や「なめとこ山の熊」なども、世間とちょっと距離をとり、自分を高みにおいて世界をみています。これらの作品は、とても安定しています。そこには世間から脅かされてはいない賢治がいます。

さらに高い位置、神や仏の位置から、えらそうに見ている賢治もいます。たとえば、「どんぐりと山猫」や「猫の事務所」の獅子の声、「シグナルとシグナレス」の倉庫、「洞熊学校を卒業した三人」などで、「よだかの星」など、もう観音様の位置です。

高い空間に自分を置いてみています。しかし、この目の位置が、賢治のアキレス腱でもありました。「ボタンを掛け違える」でも書きましたが、この目の位置は、下から見上げる自分が欠落しているのです。そこには、図太く張った根がありません。だから、ほんとうは自分が農学校の生徒たちに心を支えられていたという真実に気づきませんでした。彼らの生命力に気づくことなく、彼らの生活苦や階級ばかり視線をむけていました。

つまり、授業をともにし、自分を受け入れてくれる生徒たちの心が、どれほどたくましさに満ちているか、たとえ貧しくとも、無知で教養が乏しくとも、置かれたその場所で根を張り、耐え抜くという自立した生命力を見抜くことも、信頼することもできず、ひたすらかわいそうだ、気の毒だ、とばかり捉えていたのだと思います。本当は自分が彼らから救われ、満たされていたのに、それに気づくことができませんでした。自分の方がよほど脆弱で、精神的な耐久力をもたない弱い人間であるとの認識を持たず、その弱さを法華経の教理へと持ち込んでしまいました。法華経に依存したということです。

ですが、そのまま人生を終えたかというと、そうではないのです。やはり賢治は聡明でした。

羅須地人協会が、急進的な社会主義的教育をしているのではないかと疑われ、警察の事情聴取をうけるなど、純粋な啓蒙活動をしようとした賢治にとっては、予想外のことがたくさん起き、裏切りや嫉妬もあり、心身ともにボロボロになってしまいます。しかし、力尽きて病気になったところから、実は次の賢治がはじまるのです。

羅須地人協会の二年間に、賢治は現実の壁に直面します。人は自分が思うほど単純でもなく、理解できない重い事情もあることを思いしったと思います。やっと病気から回復し、一段落した一九三〇年（昭和五年）に、沢里武治あてに書いた手紙に賢治の心がうかがえます。

やどりぎありがたうございました。ほかへも頒けましたしうちでもいろいろに使ひました。あれがあったらうと思はれる春の山、仙人峠へ行く早瀬川の渓谷や赤羽根の上の緩やかな高原など、をいろいろ思ひうかべました。お手紙もまことにありがたう、休みがなくてお出でになれないとのことは甚残念ですが、もう私も一日起きてゐて、またぞろ苗床をいぢり出したりしてゐますから、どうかご安心下さい。こんどはけれども半人前しかない百姓でもありませんから、思ひ切って新らしい方面へ活路を拓きたいと思ひます。期して待って下さい。

あなたもどうか今の仕事を容易な軽いものに考へないであくまで慎み深く確かにやって行かれることを祈ります。私も農学校の四年間がいちばんやり甲斐のある時でした。但し終りのころわづかばかりの自分の才能に慢じてじつに倨傲な態度になってしまったこと悔いてももう及びません。しかもその頃はなほ私には生活の頂点でもあったのです。もう一度新しい進路を開いて幾分でもみなさんのご厚意に酬いたいとばかり考へます。

オルガン奏法別便で送りました。病気以来手も触れませんでしたし病気もたうとう結核にはなりませんでしたが念のため充分消毒しましたから安心してお使ひ下さい。

まづは。


快復した賢治は、一九三一年（昭和六年）二月から、今度は東北砕石工場の技師として働きはじめます。そして同年四月、季刊雑誌『児童文学』に「北守将軍と三人兄弟の医者」を発表しました。北方面での守りのために国境付近の砂漠で働いていたバーユ将軍が帰還しますが、そのあいだ一度も馬を下りたことのない将軍は、体が馬に張り付いてしまい、馬から降りられません。これはなんだかそれまでの賢治を象徴しているように思います。しかも将軍の顔や体には草が生えています。それを三人兄弟の医者、馬や羊の医者、草木の医者が治療していきます。やっとすべてが取れたバーユ将軍は、嬉しくて、はやてのように病室をでていきます。そして王様に命令を解かれると、その場で鎧と兜を脱いで麻の服に着替え、さっさと自分の故郷に帰っていきます。そこで粟をまいたりしてくらしますが、そのうちいなくなってしまいます。みんなは仙人になったというのですが、治療をしたリンパー先生は、

「どうして、バーユー将軍が、雲だけ食ったはずはない。おれはバーユー将軍の、からだをよくみて知っている。肺《はい》と胃の腑は同じでない。きっとどこかの林の中に、お骨があるにちがひない。」……

と言います。そして「なるほどそうかもしれないと思った人もたくさんあった。」と結ばれています。

仕事を終えて、鎧兜《よろいかぶと》を脱いで、その場で麻の服に着替えてさっさと帰った将軍が、賢治のこころ

そのもののようにも思えます。もう思い込みから解放され、この世からも解放され、みんなの知らないうちにいなくなろう、とバーユ将軍と同じような心境になったのでしょう。

童話「ひのきとひなげし」では、悪魔はひなげしから取れる阿片《アヘン》を手に入れようと、ひなげしをそそのかして美容術（今でいう美容整形でしょうか）をほどこして騙《だま》そうとします。ひのきのおじさんが悪魔のニセ医者を追っ払い、スターになりたがるひなげしを諭します。そのままでいい、めいめいがそれぞれの場所でいることがスターなのだ、と。おもしろいのは、助けてもらいながら、ひなげしがお説教に対して言う言葉です。

ちょっと軽薄な女子とでもいいましょうか。ひなげしは現代風にいうならば、アイドル志望の

「何を云っているの。ばかひのき、けし坊主なんかになってあたしら生きてゐたくないわ。おまけにいまのをかしな声。悪魔のお方のとても足もとにもよりつけないわ。わあい、わあい、おせっかいの、おせっかいの、せい高ひのき」

これを読むと、ひのきが相手に良いことをしても、それは相手には通じず、余計なお世話だとおこられてしまうのですが、それをひのきは受け入れています。悟って、まあこんなもんさ、とあきらめているようでもあります。ひのきのなかには、どことなく、歳をとっておじさんになった賢治がいるようにも思えます。

それでいいと思います。「ひのきとひなげし」に最終的に手を入れたのは一九三三年（昭和八年）九月で、同月二十三日に賢治は逝ってしまいました。手帳にあの「雨ニモマケズ」の詩を書いたのは、その二年前の一九三一年（昭和六年）のことです。

今回この本を書くために、賢治の手帳のレプリカを買いました。そこには賢治の自筆そのままに「雨ニモマケズ」などの詩が書いてあり、なかでも衝撃を受けたのは、一番はじめのページに書かれた法華経の文字でした。そこには、病のなか、震える手で書きこまれた法華経の経文があります。

「當知是處　即是道場　諸佛於此　得三菩提」三ページ目に「諸佛於此　轉於法輪　諸佛於此　而般涅槃」とあるのは、法華経の如来神力品、第二十一の経文です。自分が置かれたこの世こそ道場の場であり、諸仏が悟りを開き、教えを説いた涅槃（悟り）の場であるから、この現実から逃げだしてはいけない、という意味です。

手帳のこの文字を見たとき、ハッとしました。あの「銀河鉄道の夜」でなぜジョバンニが汽車を下りてこの世に戻ってきたのか、そのカギがここにあるのではないかと思ったからです。

「銀河鉄道の夜」全体に流れる重たい空気は、賢治が病魔と闘いながら、法華経の教え通りに最後まで使命感をもってこの現実を生きようと必死だったからではないでしょうか。この現実でしっかりと生きようという決意をもって、ジョバンニは汽車を降りました。ただひとりぼっちになって孤独を引き受けたジョバンニが、この世の現実へと帰ってきます。それは賢治の決意と覚悟であり、それをジョバンニは背負い、賢治も沈黙しました。ここからまた、賢治の旅が始まったのです。孤独を引きうけ、たくさんのことを諦め、自分の思いを呑み込み、使命感を抱きしめ、ただ自分の信ずるところへ進もうとする賢治です。
賢治が生きていた時代は、今から八十年以上も前であり、いくら賢治が科学者であっても、現代と比べれば、まだまだ未明の中です。さまざまな宗教の違いを乗り越え、止揚するために、「宇宙意志」という存在を想定し、科学世界と法華経の久遠仏の世界を合わせました。その法華経も虚構の世界です。しかし賢治はそこへ自分をスライドさせてしまいました。さらに法華経の言葉をそのまま自己のイメージとしたために、極端な自己犠牲とストシズムを課しました。そこには自分の弱さをなんとかカヴァーしようする強迫観念があります。しかしそこにはかなり無理があるものですから、ときどき破綻して賢治は腹を立てています。次は、同僚が羅須地人協会を訪ね、一泊して帰った後に書いた賢治の詩です。

林中乱思

火を燃したり
風のあひだにきれぎれ考へたりしてゐても
さっぱりじぶんのやうでない

塩汁をいくら呑んでも
やっぱりからだはがたがた云ふ
白菜をまいて
金もうけの方はどうですかなどと云ってゐた
普藤なんぞをつれて来て
この塩汁をぶっかけてやりたい
誰がのろのろ農学校の教師などして
一人前の仕事をしたと云はれるか
それがつらいと云ふのなら
ぜんたいじぶんが低能なのだ
ところが怒って見たものの
何とこの焔の美しさ
柏の枝と杉と
まぜて燃すので
こんなに赤のあらゆる phase を示し
もっともやはらかな曲線を
次々須臾に描くのだ

それにうしろのかまどの壁で
煤かなにかが
星よりひかって明滅する
むしろこっちを
東京中の
知人にみんな見せてやって
大いに羨ませたいと思ふ
じぶんはいちばん条件が悪いのに
いちばん立派なことをすると
さう考へてゐたいためだ
要約すれば
これも結局 distinction の慾望の
その一態にほかならない
林はもうくらく
雲もぼんやり黄いろにひかって
風のたんびに
栗や何かの葉も降れば

萱の葉っぱもざらざら云ふ
もう火を消して寝てしまはう
汗を出したあとはどうしてもあぶない

ここにはイライラしている賢治がいます。でも、私はこういういかにも人間臭い賢治がいて、ほっとします。

羅須地人協会で失敗したのちの、実家での病床生活は、ほんとうに辛く苦しかったことでしょう。

次は、亡くなる直前の九月十一日に出した、最後の手紙です。


八月廿九日附お手紙ありがたく拝誦いたしました。あなたはいよいよご元気なやうで実に何よりです。私もお蔭で大分癒っては居りますが、どうも今度は前とちがってラッセル音容易に除こらず、咳がはじまると仕事も何も手につかずまる二時間も続いたり、或は夜中胸がびうびう鳴って眠られなかったり、仲々もう全い健康は得られさうもありません。けれども咳のないときはとにかく人並に机に座って切れ切れながら七八時間は何かしてゐられるやうなりました。あなたがいろいろ想ひ出して書かれたやうなことは最早二度と出来さうもありませんがそれに代ることはきっとやる積りで毎日やっきとなって居ります。しかも心持ばかり焦ってつまづいてばかりゐるやうな訳です。私のかういふ惨めな失敗はたゞもう今日の時代一般の巨きな病、「慢」といふものの一支流に過って身を加へたことに原因します。僅かばかりの才能とか、器量とか、身分とか財産とかいふものが何かじぶんのからだについたものででもあるかと思ひ、じぶんの仕事を卑しみ、同輩を嘲けり、いまにどこからかじぶんを所謂社会の高みへ引き上げに来るものがあるやうに思ひ、空想をのみ生活して却って完全な現在の生活をば味ふこともせず、幾年かが空しく過ぎて漸くじぶんの築いてゐた蜃気楼の消えるのを見ては、たゞもう人を怒り世間を憤り従って師友を失ひ憂悶病を得るといったやうな順序です。あなたは賢いしかういふ過りはなさらないでせうが、しかし何といっても時代が時代ですから充分にご戒心下さい。風のなかを自由にあるけるとか、はっきりした声で何時間も話ができるとか、じぶんの兄弟のために何円かを手伝へるとかいふようなことはできないものから見れば神の業にも均しいものです。そんなことはもう人間の当然の権利だなどといふような考えでは、本気に観察した世界の実際と余り遠いものです。どうか今のご生活を大切にお護り下さい。上のそらでなしに、しっかり落ちついて、一時の感激や興奮を避け、楽しめるものは楽しみ、苦しまなければならないものは苦しんで生きて行きませう。いろいろ生意気なことを書きました。病苦に免じて赦して下さい。それでも今年は心配したやうでなしに作もよくて実にお互心強いではありませんか。また書きます。

素晴らしいです。もう何もいうことがありません。彼は最後まで生き抜きました。辞世の句には、さらに輝きがあります。

方十里　稗貫のみかも
稲熟れて　み祭り三日
そらはれわたる
病《いたつき》ゆゑにもくちん
いのちなり
みのりに
棄てば
うれしからまし

病床に臥しながらも、空を見渡している賢治がいます。地べたから空を見上げる賢治です。低い視線で周囲も空もまんべんなく見わたし、大地からすべてを手に入れている賢治、大地と一体化している賢治です。とうとう皆とひとつになりましたね、賢治さん。

「どんぐりと山猫」にあるように、人間はみんな間違いだらけで、どこかおかしいのです。でもそれでいいのです。はじめから悟りを持って生まれてくる人間なんていません。悟らないまま死んでいく人もたくさんいるでしょう。私だってその一人です。でも、生きる中にこそ、なにかがあります。もがき、あがき、夢中で生きる中に、何かがあるのです。心が折れたり、つまずいたりするたびに、賢治の詩に癒され、励まされてきました。本当に感謝しています。それは、賢治が自分をごまかすことなく本気で刻み綴った言葉だったからです。その純粋さが、いつも私を掬い上げてくれました。最後に、心からの感謝と愛を賢治に贈り、筆をおきます。

謝々。

終わりに

宮澤賢治の作品を通して私が見ていたのは、私たちとおなじような、ちいさな、ちいさな存在の賢治です。おなじように不安の中に生きる賢治です。その賢治をいたずらに理想化することは、賢治が悩み苦しんだことを理解しないことでもあります。

もがき苦しみながらも、彼が吐き出した言葉は、キラキラと輝いていました。これは彼からの贈り物です。壊れそうな自我を抱えながら、東北砕石工場の技師となって懸命にセールスに走る賢治が、体を壊し、出張先の東京から父親に電話をします。「もう私も終わりとおもいますので最後にお父さんの御声を……」。父親は即刻帰郷を命じ、賢治は故郷に帰って来ます。しかし体は弱り切り、家へ帰るなり床に臥せってしまいます。

でも、よかったなあと、ほっとします。この頃から、賢治のツッパリがとれてきたのではないかと思います。

第二章「宮澤賢治をもう一度」の「父のシャドウ、賢治のシャドウ」でも書きましたが、賢治の心の底には、いつも父と対立する賢治がいました。父親に支配されている賢治は、もがき、そこから脱出しようと、何度も自立を試みます。羅須地人協会も挫折し、病気になり再び実家の世話になり、表面的には全面降伏ですが、この時にはもう闘いつくし、父親からの分離ができたのでしょう。遺書を書き、自分のトランクに手帳と一緒に忍ばせています。そして電話で父親の声を聞きたい、という賢治は、対立も抵抗もやめ、父親に素直に向き合っています。同じ年には、手帳に「雨ニモマケズ」を書いています。もう「ホメラレノセズ、クニモサレナイ」自分を受け入れたのだと思います。自立した賢治がいます。東京から帰って来た賢治は、父に向かい、「わがままばかりしてすみませんでした、お許しください」と言ったそうです。父との和解の瞬間です。これは降参ではなく、すべてをありのままに受け入れようとする姿勢だと思います。ここからは自分の使命を果たすべく進む賢治がいます。弟の清六さんの「兄のトランク」によると、「風の又三郎」、「銀河鉄道の夜」、「セロ弾きのゴーシュ」には、死ぬ直前まで筆を入れていたそうです。この三作こそ賢治の真骨頂であり、主人公たちは賢治の分身です。

臨終の時、父親に「遺言することはないか。」と訊かれた賢治は、「国訳妙法蓮華経を一千部おつくり下さい。表紙は朱色校正は北向氏、お経のうしろには『私の生涯の仕事はこの経をお手もとに届け、そして其の中にある仏意に触れて、あなたが無上道に入られますことを。』と書いて知己の方々にあげてください。」と言いました。父親がその通りに紙に書き、読んで聞かせてから、「お前も大した偉いものだ。後は何もいうことはないか。」と訊くと、賢治は「後はまた起きてから書きます。」と言い、清六さんや家族の方を向いて「おれもとうとうお父さんにほめられた。」と嬉しそうに笑ったそうです。それからすこし水を呑み、自分でオキシフルをつけた脱脂綿で体をふいて、その綿をぽろっと落とし、息をひきとったそうです。一九三三年（昭和八年）九月二十一日午後一時三十分でした。


これでお伝えしたいことはすべてです。私自身、この世を生き切るため、先輩としての賢治の生きざまを大切にし、力強く生き抜きたいと思っています。

この本の出版を準備し整えた頃、弟が癌で、余命一ヶ月で入院との知らせを受けました。早速見舞いに行き、弟に「宮澤賢治の本を出すよ。」と話しました。

もうベッドの上でほとんど動くことができなくなった弟が、義妹に自分の財布をもってきてもらい、その中から紙切れをだして見せてくれました。そこには「雨ニモマケズ」の詩が書いてありました。彼はずーっとそれを肌身離さず持ち歩いていたのですね。それから三週間で彼は風のように逝ってしまいました。

私たち姉弟はいつも賢治と一緒にいきて来たのだなあ～と思います。賢治を愛した弟に、この本を捧げたいと思います。

参考文献

『宮澤賢治全集1』　ちくま文庫　一九八六年二月二十六日　発行
『宮澤賢治全集2』　ちくま文庫　一九八六年四月二十四日　発行
『宮澤賢治全集3』　ちくま文庫　一九八六年六月二十四日　発行
『宮澤賢治全集4』　ちくま文庫　一九八六年七月二十九日　発行
『宮澤賢治全集5』　ちくま文庫　一九八六年三月二十五日　発行
『宮澤賢治全集6』　ちくま文庫　一九八六年五月二十七日　発行
『宮澤賢治全集7』　ちくま文庫　一九八五年十二月四日　発行
『宮澤賢治全集8』　ちくま文庫　一九八六年一月二十八日　発行
『宮澤賢治全集9』　ちくま文庫　一九九五年三月二十三日　発行
『宮澤賢治童話大全』　講談社　昭和六十三年九月二十日発行
『兄のトランク』　宮澤清六　筑摩書房　一九八七年九月二十日　発行
『宮澤賢治の肖像』　森荘已池　津軽書房　昭和四十九年十月三十日

『宮澤賢治詩集』 浅野晃編　白鳳社　一九六五年七月一日　発行
『宮澤賢治詩集』 谷川徹三編　岩波文庫　一九五〇年十二月十五日　発行
新潮日本文学アルバム『宮澤賢治』 新潮社　一九八四年一月二〇日　発行
年表作家読本『宮澤賢治』 山内修編著　河出書房新社　一九八九年九月二十八日　発行
『宮澤賢治　妹トシの拓いた道『銀河鉄道の夜』へ向かって』 山根知子
朝文社　二〇〇三年九月二一日　発行
『宮澤賢治　存在の祭りの中へ』 見田宗介　岩波現代文庫　二〇〇一年六月十五日　発行
『宮澤賢治万華鏡』 天沢退二郎編　新潮文庫　平成十三年四月一日　発行
『青い鳥』 メーテルリンク　新潮社文庫　昭和三十五年三月二十日　発行
『死後の存続』 モーリス・メーテルリンク　山崎剛訳　めるくまーる　二〇〇四年八月十日　発行
『法華経　上』 坂本幸男・岩本裕注　岩波文庫　一九六二年七月十六日　発行
『法華経　中』 坂本幸男・岩本裕注　岩波文庫　一九六四年三月十六日　発行
『法華経　下』 坂本幸男・岩本裕注　岩波文庫　一九六七年十二月十六日　発行
『行人』 夏目漱石　新潮文庫　昭和二十七年二月二十日　発行
『松井教授の東大駒場講義録』 集英社新書　二〇〇五年十二月二一日　発行
『数式のない宇宙論』 三田誠広　朝日新書　二〇一三年九月三〇日　発行

『見て楽しむ量子物理学の世界』ジム・アル・カリーリ　林田陽子訳
日経BP社　二〇〇八年九月二九日　発行
『宮澤賢治　素顔のわが友』佐藤隆房　冨山房　二〇一二年九月十一日　発行
『宮澤賢治・時空の旅人　文学が描いた相対性理論』竹内薫／原田章夫
日経サイエンス社　一九九六年三月十八日　発行

著者略歴

田下 啓子（たおり けいこ）
国立音大卒
産業カウンセラー
映画「真艫の風」プロデュース
著書に『原色の女―もうひとつの「智恵子抄」』（彩流社）がある
ブログ『遺言』http://hashira.exblog.jp

拝啓《はいけい》 宮澤賢治《みやざわけんじ》さま 不安《ふあん》の中《なか》のあなたへ
2015年2月15日 第1刷 定価はカバーに表示してあります。
著者 田下啓子
発行者 竹内淳夫
発行所 株式会社 彩流社
〒102-0071 東京都千代田区富士見2－2－2
電話 03（3234）5931 FAX 03（3234）5932
http://www.sairyusha@co.jp
e-mail:sairyusha@sairyusha co.jp
印刷 ㈱厚徳社
製本 ㈱難波製本
装丁 渡辺将史

ISBN978-4-7791-2086-2 C0095

原色の女

4-88202-127-8 C0095(88・07)

もうひとつの『智恵子抄』　田下敬子 著
著名な高村光太郎の影で生きた高村智恵子。『智恵子抄』に描かれた至上の愛人のイメージの裏側に秘められたあまりにも人間的な女流画家の生きざま— 愛と狂気の世界— を智恵子の視点で捉え直す異色の評伝。カラー口絵付。　四六判上製 1800 円＋税

世界の作家 宮沢賢治

4-88202-862-8 C0095(04・02)

エスペラントとイーハトーブ　佐藤竜一 著
賢治は、なぜイーハトーブということばをつくったのか。エスペラントをキーワードに、賢治の軌跡と岩手の先人との出会いを検証しながら探ったのが本書である。エスペラント語と賢治の関係は意外に知られていない。　四六判並製 1600 円＋税

宮澤賢治解読

4-88202-301-82 C0095(94・05)

竹澤克夫 著
死後 70 年を経てなお新鮮に語りかける数々の作品群の本質は…。法華経の描くシャングリラを目指した「イーハトーボ国」。修羅の現実にまみれながら決して曇ることのなかった生き方を心象スケッチという視点からみる作品・思想論。　四六判上製 2427 円＋税

夫婦で語る『こゝろ』の謎

4-7791-1135-8 C0095(06・01)

漱石異説　木村澄子 , 山影冬彦 共著
命をかけた師弟愛 —「適当の時機」を鍵にさぐる先生自殺の真相！ 団塊世代に属す友だち夫婦が軽妙洒脱な対話で、すべての漱石好きに贈る『こゝろ』の斬新解釈。主題・構成・語りが交差する論点は連続する驚き。謎解きを 40 の要所に配置して細部にも目が届く。　四六判上製 2000 円＋税

漱石のパリ日記

4-7791-1961-3 C0090(13・12)

ベル・エポックの一週間　山本順二 著
初めて再現された「パリの漱石」！ 図版多数。百年以上前のパリ万博の年、国民的作家になる前の漱石は、花の都で誰に会い、何を見たか。当時のパリの街の様子や雰囲気を再現する初の書である。
四六判上製　2000 円＋税

村上春樹と女性、北海道…。

4-7791-1941-5 C0095(13・10)

山﨑眞紀子 著
村上作品の決定的な魅力は、閉じられた自己を無意識のうちに女性へ投影する、自らの罪意にあるのではないか…。「私が本書をまとめようと思ったのは、なぜ、言葉をめぐる障害を女性登場人物が背負うのか、この問題提起に興味を持ったことにある」　Ａ５判並製　2500 円＋税